山河遥远

许冬林 ◎ 著

济南出版社

图书在版编目（CIP）数据

山河遥远 / 许冬林著. -- 济南：济南出版社，
2025.6. -- ISBN 978-7-5488-7263-4
Ⅰ.I267
中国国家版本馆 CIP 数据核字第 2025EN5407 号

山河遥远
SHANHE YAOYUAN

许冬林　著

出 版 人	谢金岭
责任编辑	李圣红　陶　静
封面设计	八　牛
出版发行	济南出版社
地　　址	济南市二环南路1号（250002）
总 编 室	0531-86131715
印　　刷	济南乾丰云印刷科技有限公司
版　　次	2025年6月第1版
印　　次	2025年7月第1次印刷
开　　本	148mm×210mm　32开
印　　张	8.75
字　　数	154千字
书　　号	ISBN 978-7-5488-7263-4
定　　价	39.00元

如有印装质量问题 请与出版社出版部联系调换
电话：0531-86131736

版权所有　盗版必究

目录
contents

第一辑　那时桑麻

春有棠梨 / 003

海棠好媚 / 007

初夏的白 / 011

虫声清凉 / 015

风吹乌桕 / 019

才识野樱花 / 028

大　寒 / 032

胡杨的姿态 / 035

花　荡 / 040

麦　绿 / 044

那时桑麻 / 047

南湖，南湖 / 054

青黄时节 / 058

春如线 / 062

清　川 / 066

秋将尽 / 069

沙家浜的芦苇 / 073

山有桂子 / 077

石头吟 / 081

桐花如常 / 085

萧萧白杨 / 089

晓　色 / 096

月亮堂堂 / 099

择一座小镇慢慢地老 / 102

第二辑　江水微茫

吵醒一只蜜蜂 / 107

父亲的年 / 110

夏　晚 / 114

墙外的春天 / 118

花开到屋顶 / 124

故乡的书卷气 / 128

江水微茫 / 132

慢缝书 / 136

最深的爱，是尊重 / 140

养一畦露水 / 143

油纸伞呀，油纸伞 / 147

他在书香里渐渐长大 / 152

旧时腊月忙 / 157

雨天的刨木花 / 167

奔向文学的大海，那里潮声响亮 / 183

第三辑　山河遥远

少年读 / 195

不提繁弦 / 199

日暮苍山远 / 202

孤而美 / 206

名词，动词，形容词 / 210

绣 / 214

不　说 / 217

也提旧上海 / 221

杜甫如父 / 225

舍南舍北皆春水 / 231

落　春 / 235

小　城 / 239

虫声远近 / 243

花入杯 / 246

柔　荑 / 250

蒌蒿与河豚 / 256

山河遥远 / 270

第一辑

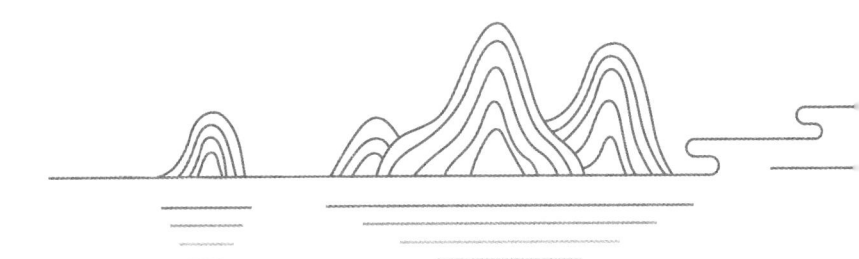

那时桑麻

春有棠梨

棠梨开花，极素净。

时虽在春里，但绿叶子还没铺出来。黑色的枝柯上，点灯似的，纯白色的小花朵，一簇簇相继绽放。白花如灯，这灯，也是清寒人家的豆灯，低低的光芒，低低地摇曳。再几日，便是茫茫的白了，白里氤氲着水汽，像开在雾里。远望去，没有杂色，只是黑树白花，似乎含着哀思。

从前居乡间，每至春日，经过棠梨花下，总不敢言语。怕是惊了谁人的哀戚。

花开有哀戚之感，这是棠梨。

春天总归是闹的。不只红杏枝头春意闹，诸种颜色的花，乱纷纷开在乱喳喳的鸟鸣里，让人无端生出红尘攘攘的拥堵感。

但是，春有棠梨。

棠梨开起来有清冷和远意。记忆里，旧时故乡的棠梨开花都是在春快要暮时，那时，明黄色的迎春早已开过，然后是桃花红上天，梨花带雨在春色里缱绻，之后，棠梨才静悄悄地开。迷蒙浩瀚的一片白，在水边，或者在水汽弥漫的田野上，在人们看累了春光的慵懒目光里。

棠梨花开过，春色就一步步远了。它的出场似乎就是要把浓稠春光来稀释一番，稀释出一点苍远之感、清冷之感、疏离之感。

春天像过量饮酒的人，醉得步态踉跄，醉得千言万语，于是在棠梨这里，它吐掉红紫芳菲，吐掉绿肥红瘦，只留一口黑白在腹内，做春最后的底片。棠梨，以它的冷寂自持，给一个季节收尾，将三春韶华小心轻放，还给大地。

看棠梨开花，好像不必是晴天，不必是白天。在晴天和雨天，在白日和黑夜，它都是黑白两色。它似乎不用借助光的照耀，都能让你看到。这真是一种极强悍的存在。

最美还是看月下棠梨。少年时，一次月夜行路，经过一树开花的棠梨，不自觉就停了脚步，我的心里也极静寂，还有一种朝圣一般的虔诚和洁净。抬头看那满树白花在月光下，像洁白的云朵，像弥散的水汽，更像月光飘落在铁黑的枝丫上，摇漾着，上面还晾着观音的衣。在春夜，看月下棠梨，那一刻我似乎已经知晓，这世上的美，除了有彩色的那一部分，红紫芳菲的那一部分，还有无彩色的那一部分，属于黑白的那一部分。

我还喜欢在春暮天的黄昏，去水边看棠梨落花，豆粒大小的花瓣纷纷扬扬，从黑色的枝柯上飘落下来，落在黑色的屋瓦上，落在乡间的泥路上，落在微波荡漾的水上。我无限哀怜和疼惜地看它们飘落，琼楼玉宇不可思，它们是昨夜落下树梢后却再也回不去的月光，又被人间的春风揉碎，咔嚓咔嚓，一瓣瓣剥落，跌入人间的河上。棠梨落花时，乡村是静寂的，春风也是静寂的。除了我这样的少年，没有谁为这一棵棠梨落花而黯然。或许，这个世界上，正如每天都有美在萌生一样，每一天都有美在殉难凋亡，而乡野辽阔，可以薄薄地摊平这暂时的忧伤。

搬到城里生活的这些年，在大大小小的公园里，在长长短短的绿化带上，我不曾见过一回棠梨。

城里没有棠梨。是不是因为棠梨身上的冷峭和野逸不适合五彩缤纷的城市？是啊，城里是拥挤的，热闹的，即使雨天，即使黑夜，也有霓虹照耀给城市染色。城里不提供属于农耕天地里的那种水墨画一般的黑白情节。棠梨的气质是静寂的，是向内收的，而城市喜欢浮华，喜欢张扬，喜欢修剪整齐的枝柯上开出姹紫嫣红的肥硕花朵。

坐在城里怀想，怀想棠梨在春日里的那一身黑白，简直像往事的色调。城里存不住往事。城里的春风里习惯翻涌着浮沫一般此开彼消的花朵和短命的情意，没人去寻往事，去寻往事一样的棠梨。

春有棠梨，那棠梨是遥远的。在乡下，在故园，在老祖母水旁洗衣时的倒影边。

开花的棠梨，一身黑白，站在春天的僻静处。但这黑白不是潦倒，不是死寂，它依然有生气，有一种不事张扬的冷峻。

黑树，白花，有时在遥望之下一树花又交融成雾气的灰，棠梨把春天开出一种贵族式的半旧感，那是《红楼梦》里贾府陈设上的半旧。

有时我想，在春日，每一处开有棠梨花的村野，是都可以被认作故乡的。我期盼在那样的花枝下，做一个半老的人。我把万紫千红的俗念还给城市，只剩下我的心灵一身黑白，就这样潜在乡间，做一棵开花的棠梨。至简，至素，至遥远，至静寂。

海棠好媚

春分之前,春雨霏霏,春风微冷。跟一帮友人去铜陵的西湖湿地,彼时,在湖边走,路边遇见海棠。

看,那是海棠!我眼前一亮,如旧时文人踏青,乡间遇见艳艳美人。

大家都驻了足,静静去看。海棠花蕾圆嘟嘟的,婴儿肥,半垂着,将开未开,是犹抱琵琶的娇艳。

春天开的花里,桃花艳而俗,梨花有仙气,海棠是新娘子,又艳又娇,垂手如明玉,亵渎不得。它妩媚娇娆,又难得有静气。

春暮天,最浪漫的事情,大约是出游时,遇到一棵海棠树。海棠花纷纷扬扬,在风里,在半空里。人儿独坐花下,花落满衣襟,可是却不生哀感,只觉得美好。海棠花里似乎有一种暖暖融融的情意，可以盖过落花的忧伤凋零的哀戚。

在内心，我无数次谋划过这样的一次艳遇：在山中，在淡月笼罩的春夜，我路过一树盛开的海棠。海棠花开在月色里，又烂漫又静寂，仿佛闺中人倚门思远，那远人不久就会归来。我遇到那树海棠，我就不走了，我要借住在海棠树下的那户农家里，夜里开窗入睡，床头看月色如将落的海棠，朝起看海棠落满小桥流水。

春日出游，可以错过千山万水，却不能错过一树开花的海棠。烟雨蒙蒙的三月天，江南是又湿又暗的水墨画，可是，海棠一开，江南就明亮了，就娇媚了，就成了女儿家的江南。客居江南的游子，可以未老不还乡，因为还乡须断肠啊。

海棠妩媚而明艳，它不会是林黛玉那样清冷、有仙气的女子，也不会是薛宝钗那样富贵雍容的女子。它可能是《红楼梦》里薛宝琴那样的姑娘，美艳里没有杂质，没有妖气，没有尘俗气，是纯真的美艳，是雨后天晴水灵的海棠。

如果一个男人的心儿像只月亮船，船两头坐着两个不一样的姑娘，一个红妆，一个素裹，一个是朱砂痣，一个是白月光。那么，那个成为朱砂痣的，一定是有着海棠一般的娇艳吧。

张爱玲说平生有三恨：一恨鲥鱼多刺；二恨海棠无香；三恨《红楼梦》未完。

就觉得张爱玲的这"三恨"有些苛刻了。海棠无香也很好，因为海棠太娇媚了，颜色和形态已经美得叫人沉溺，若是再有花香来缠人，那真是让爱它的人爱得万劫不复。这样的爱，太累，太烧心，没有节制和清醒，没有退路。这样的爱，一念起，就到了绝处。

所以，海棠无香真好，像是一处留白，可以让人舒口气。

苏轼有一首《海棠》诗：东风袅袅泛崇光，香雾空蒙月转廊。只恐夜深花睡去，故烧高烛照红妆。

苏轼爱海棠真是痴绝，在春夜深深处，剪烛在窗边，不为话春雨友情，不为读书临帖，却是为了一株盛开的海棠花。唐玄宗曾有一次登沉香亭，召杨贵妃，可是贵妃醉酒还未醒，被人扶来见皇上，姿态慵懒可爱。唐玄宗爱怜不已，笑道："岂妃子醉，直海棠睡未足耳！"

苏轼和唐玄宗，都是懂得怜香惜玉的人。苏轼眼里，最娇艳的花儿，完全可以当成美人来郑重待之，燃一支高烛，与花对坐对望，隐隐约约的花香里都是美人情意。唐玄宗眼里，美人娇媚如春花，只愿花开年年总不败，哪里舍得责罚，虽然贵妃醉酒，见了皇上已不会下拜行礼。

从前，我养了一盆贴梗海棠，春天开花，果然是夜色下花朵最美。花盆坐在阳台外，夜色越黑，那花越显得红艳，仿佛《诗经》里天黑才入门的新娘子。

有一种美，便是海棠吧，人世间有百媚千红，我只爱你这一种。

海棠，海棠，当我轻轻呢喃时，只觉得有一个艳丽娇俏的女子，站在春日的城墙上，她裙袂飞扬，可远观，可静赏。

海棠，海棠，她走过小桥和柳堤，环佩叮当，那轻灵的玉器相碰的声音，在风里，清远悠扬……

初夏的白

一入夏,许多艳色的花儿都暂时歇了场,悄悄坐在枝头的,是小朵小朵的白花儿。

白花不招摇。夏是低调的。

初夏有茉莉。开着白花的茉莉。

梅雨季将至未至,空气先已软软起了湿意。爬满青苔的老宅前,青砖灰瓦的廊檐下,茉莉不大的卵形叶子缀满极细的枝干,它们啜饮着南方的露水,然后吐出纽扣大小的花蕾儿。白色的花蕾三五颗,聚在枝尖上,像几粒豆子,微微染着一点豆青色。

茉莉最像少女,最具初恋气质。那些白色的花儿盛开时,悠悠散着淡雅的香味儿,一种我且盛开但不会惊扰叶子的意思。夏天,绿才是主题。茉莉花瓣单薄,若是浮在杯子里，没个三五朵，是铺不满杯口的。花期也短，一朵花再美，也只开一天。

少女时候，我买香水，最爱茉莉味的。后来喝茶，也爱茉莉茶。及至成年，也只想低眉做一个小白花一样的女子，不浓烈。干净就好，淡然就好。

初夏有金银花，初开白色，翌日便成金黄。盛开时，寸把长的细细花蕾裂开，香气乍泄，仿佛无数小蜻蜓停栖在悠长悠长的藤蔓上，呼唤雨季到来。记忆里，老家的土篱笆墙上，睡着厚厚一堆金银花藤，篱笆墙下丛生野蔷薇。花开时节，金银花和野蔷薇相望相迎，乡人荷锄下地，路过也不采。只有野蜂子在那里嗡嗡地扑扇小翅膀，也像荷锄奔忙的农人。

金银花开过，便是栀子开。栀子也是开白花的。

栀子花在乡下是寻常物，童年时，我们那个临水的村庄里，家家门前一棵。家家都有栀子花，所以家家的女儿初夏都有花戴。

栀子花比茉莉花开得要胆大些，直白率性些，有些乡下小妇人的质朴和热情。那花有掌心大，重瓣的甚至有碗口大，一朵花的香气能涨满一间屋子，一棵花树能香大半个村庄。所以，栀子花盛开的初夏，我的村庄仿佛被花香给抬起来了，荡荡浮动。村庄醉醺醺的，乡路也熏弯了腰，在花香与草木清气里透迤着，迎送劳作的乡人和出门的学子。

有一回晚上，在巢湖边的湖滨大道上开车，夜色幽深，路边的树木芦苇幽深，心下莫名生起漂泊的孤寂。这时，忽闻得风里一缕栀子花香，不禁缓缓放慢车速，心儿也在花香里缓缓安妥。在我的习惯性思维里，有栀子花的地方，必有村庄，必有一户户安静生活的人家，那人家也必有纯洁好看的女儿……人世是这样端然美好，寻常烟火也是可亲可敬。

在我的江边小镇，开白花的还有夹竹桃、木槿、牵牛花之类，只是这几种植物也有开红花或紫花的，到底比不得茉莉和栀子的纯粹。

早先，我们小镇的江堤脚下，还有成片成片的荷塘，塘里白荷花居多，覆盖了茫茫的水面。也有红荷花，艳艳的，像个小妖精，远远摇曳在塘边的蒲草和芦苇丛里。童年时，我喜欢和家住塘边的同桌琴去采红荷，红荷耀眼，总有些鼓荡人心之感。我们采红荷，大人们也不责备，他们说红荷是野荷，对之不屑。

白荷自然不可随意去采，因为那是家养的荷花。所谓家养的，大约代表着正统，代表着被认同，也就代表着身份地位。

乡人厚爱并呵护白荷，以至于我们站在塘边，远看白荷，无端觉得有隆重的事要发生。白荷令人觉得纯洁矜持自有其深远的意义。心想着，长大了，可一定要做白荷一样的人。

冬天，抽干荷塘的水，乡人去挖藕。在白花花的冬阳下，许多人赤了脚去踩，去寻最粗最长的藕。那是白荷花身下结出的白藕。

暮春三月，父亲在门后的长宁河里种菱。虽然只种了三四丛，但菱发得快。父亲说："六月六，发一间屋。"那得摘多少菱角啊，这童年里最清甜的水果。在我们的方言里，"六"和"屋"的韵母发音，都发"e"。一棵菱，到了六月，可以在水面抽枝散叶地铺出一间屋那么大的场面，这是一棵柔嫩纤弱的水生植物默默撑开的生命格局。

菱开白花。在初夏，白花出水，蛾子似的，比茉莉花还要小得多，仿佛不愿意让人知道它开花了。

虫声清凉

从前教书时,给学生上苏轼的《记承天寺夜游》,总觉得苏轼写漏了什么。

我跟学生一起朗读"月色入户,欣然起行……庭下如积水空明,水中藻荇交横,盖竹柏影也",读着读着,我似乎听到了月色里有虫声。在乡野,在秋夜,除了月色,除了竹树的影子,一定还有虫声。是的,依据我的童年经验,依据我的乡村生活经历,一定是有如珠如雨如茂密秋草似的虫声。

记得童年时,常伴着奶奶去姑妈家,不远,十分钟不到的路程,晚上去,晚上回。从姑妈家出来时,往往夜色已深,有时有月色,有时没有。在有月光的晚上,我们缓缓步行,我在前,奶奶在后,也像苏轼和张怀民那样走在乡下的月色里，身前身后，竹影树影，房屋的影子，篱笆的影子，一路淡墨似的泼洒。而虫声，清脆明亮，带着露水的气息，带着草木的气息，带着河流的气息，带着砖瓦泥土的气息，一路把我们密密包围，好像我的裙子上也落满了虫声，奶奶的银发上也挂满了虫声。我们好像步入了虫子们的世界，虫声淹没了我们的脚步声，我们像在夜色里浮游，自己都觉得自己是陌生的异族。我们仿佛看见，虫子们在夜露里梳洗身子，啜饮清凉，擦拭翅膀。它们的叫声汇成队伍，有时阵势壮观，有时轻装简从。

我们走在虫声里，走在人世的夜路上，内心安妥。有虫声的地方，就是清凉太平的人间。

大多数的虫子们胆小些，只有蛐蛐，到了秋冬，仍然和我们共处一室。在初秋之夜，满屋似乎都是虫声。在梳妆桌下，在床下，在柜子底下，那些蛐蛐们唧唧唧唧，此起彼伏，像层起的粼浪。厨房的陶罐、水桶、水缸下，杂物间的锄头扁担箩筐间，堂屋的饭桌椅子条几下，那些陶质、铁质、木质的生活器具和农具上，都像生起了一层绒绒的细毛，那凉软的绒毛都是唧唧虫声的余音。

我在外婆的江洲上听过许多回虫声。有时是夏夜，我们在院子里纳凉，蛐蛐们就在院子的篱笆下，叫声密密匝匝，热烈蓬勃，好像篱笆下的虫子们在张灯结彩吹拉弹唱。后来读诗，读到徐志摩的那句"夏虫也为我沉默，沉默是今晚的康桥"，不禁纳闷，夏虫怎么会沉默。外婆篱笆下的夏虫，永远盛世欢腾。

"虫声新透绿窗纱"，原来虫声也是可以入诗的。从前，一直以为寻常虫声，如我们乡下孩子一样，是跟风雅沾不上边的，却原来，我们的童年和少年，是一直活在诗里。当城里孩子在欣赏贝多芬、莫扎特之时，我们乡下孩子在月色水汽之间，在泥土草木之上，听天籁之音。虫声透过窗纱，透过外婆门前的木槿篱笆，透过奶奶珍藏的斑驳陶罐，经过我们稚嫩敏感的耳朵，最后入驻到诗文里，百年千年。

秋冬时节的虫声，最得含蓄婉约风致。虫子们在外婆小小的房间里，"唧——，唧——"有一句没一句地叫着，有的叫得像小孩子的梦呓，忽然来那么一句，然后没了下文；有的叫得像外婆在说尘封旧事，说说停停，似乎是欲言又止，又似乎是已忘记下文。

有时在半夜，窗外月色朦胧，忽听得清寒迟缓的虫声之后，是江上轮船传来的"呜——"的鸣笛声。轮船的鸣笛声，莽撞、浑浊、嘶哑，仿佛一片黑暗凶悍的波浪席卷过来，将一整个江洲淹没。我们都被按进了这无边的鸣笛声里，然后浪花退去，村庄的面孔重新露出来透气——舅舅们的呼噜粗壮得像秋天的庄稼，外婆翻身时粗陋木板床响起破碎的吱呀声，蛐蛐在贴了"朱明瑛"的房门后平平仄仄轻唱起来。我数着一粒粒虫声，像数着一粒粒纽扣。虫声把清贫的乡下之夜扣得体体面面、完完整整。我睡在虫声里，不盼望长大，不盼望繁华，就觉得彼时人间安然，彼夜时光清甜。

风吹乌桕

风吹乌桕。

乌桕在江湖。

它在偏远的江湖,独对秋风,用霜色渲染繁华。

在童年,在静寂荒远的乡下,我见过几棵孤独的乌柏。那时,河堤长长,堤上榆荫接柳荫,乌桕不多,高耸入云的只那么一两棵。它们像一个有着独特方言的行旅者,偶然经过吾乡,寂寂作了停留,但到底迥然于其他草木。

我和弟弟还有堂姐他们,常常在秋天,在乌桕树下玩耍。我们那时个儿太小了,心儿太浅了,不懂得仰首远眺乌桕霜红的枝头,更不会去体味乌桕的秋天跟其他草木的秋天有什么不同。我们在秋天流连乌桕树下,仅仅只为捡拾枝头落下的乌桕子。一粒粒白色的乌桕子，躺在泥地上、草丛里，我们一捡一大把，揣进衣服荷包里。

那一荷包的乌桕子，像珍珠吗？不像。我们觉得它像鸟儿的眼睛，圆溜溜的，带着点狡猾。我们打弹弓，用乌桕子做子弹，打枝上的鸟，打水面上浮游的小鱼，但常常打不到它们。但乌桕子，到底是我们好玩的玩具，抓一把在手心摩挲，我们像控住了无数只鸟、无数条鱼。我们不关心天上白云翻卷，不关心水边落日辉煌，我们摩挲一把白色的乌桕子，像摩挲大地顽皮结实的孩子。

我们像小小的乌桕子吗？

有一天，我们会长成一棵有着行旅者气质的乌桕吗？

那些落下的乌桕子被我们一直玩耍着，总要等秋雨长长下过，等白雪飘落又融化成泥，那时乌桕子们终于和腐叶一起化为泥土，游戏才会结束。

游戏结束了，春天就来了。

乌桕子落过的草丛里，会长出稀稀几棵乌桕苗来。亭亭的干，长到一两尺高，就分出叉枝来。我们拔乌桕树苗，或者摘取乌桕的叶子蒙在嘴巴上吹出啪啪的声音——乡下有那么多的草木，那么多的静寂光阴，可以让我们在植物间横行。乌桕叶子的清气里似乎也透着乡下孩子身上天然的草莽气，是清而不芬，似乎那清气里就袅绕着微苦的味道。

后来知道乌桕的根皮、树皮和叶子皆可入药，杀虫，解毒……内服，外用，各有使命。我少时体质不好，去过中药房许多次。中药很苦，但是看着中药房一个个小抽屉上贴着的草木的名字，有时也能安慰一番吃药的苦涩之心。

生着病的身体像一座漏风的房子，那些根根叶叶的中草药们，在汤汁里融化了自己的身体，来缝补一个小女孩漏风的身体。想想，要怎么感恩呢？

来缝补我的少时岁月的，也有乌桕吧。

新发的乌桕叶子泛出微微的红，似乎风一碰，它都会疼。但是，几个朝暮的春风摇一摇，它们便绿了，长成一片片菱形的扇子，一直扇动着，扇到秋天。像有无数个姐姐，无数个妈妈，无数个奶奶，在河堤的阴凉里摇扇消暑。

在偏远乡间，在长江中下游的江北平原上，我和乌桕树，曾经是那么近距离地相伴生长着啊。

风把我吹着吹着，我就长大了。风把乌桕吹着吹着，乌桕就老了。

老了的乌桕，似乎就成了风景，在秋天。

朋友跟我说，秋天去皖南看塔川秋色，是一趟不可省略的旅程。我初秋没去成塔川,倒是在白露为霜的初冬时节去宣城时路过塔川,车窗边遥望,窗外秋色已是残山剩水。路边的几棵老树下,霜叶落了一层,那是乌桕的叶子。

原来,塔川的秋色,是乌桕来出场谢幕的。

若没有风,没有霜,塔川就没有秋色。

在塔川的水泥路两边,可以看到一棵棵新移栽的乌桕,还带着收不住的乡野之气。这些新移来的乌桕们,呼应着远处丘陵上的野生乌桕,半认真半散漫地书写着塔川秋色,招引着看风景的人。

我看着那些有着明显移栽痕迹的乌桕们,心里微微一疼,莫名起了漂泊感。植物也有漂泊感吗?有异乡感吗?

乌桕,是江湖的乌桕,是山野的乌桕。

风吹乌桕,那是一棵树的沧桑和隐痛。风吹乌桕,乌桕树会不会像我一样,悄悄隐起来,独自承受凋零,承受别离,承受凉薄,承受疼?

有一年,在江南的石台县,一场文人雅集。其中一项活动内容是,在残雪覆盖的茶山上,用山雪泉水煮茶。初冬的山间,视野放旷,山色幽深。一帮文人,在煮茶的松烟袅绕中看山,看茶,看雪。

我看到了一棵乌桕。

几乎落光叶子的乌桕，孤零零在山顶上，苍黑色的瘦瘠的枝丫，像隐者现身江湖。我知道那是乌桕。那枝梢上还悬缀着一两片红色的叶子，像个姓氏，在告诉我：这是乌桕。菱形的叶子，一如我少时上学踩了许多个秋天的乌桕叶。

心上一阵疼惜。乌桕在他乡，老了。

也许，在我们离开茶山的那个午后，最后的一两片叶子也在风里零落……最后，只剩下那些苍黑的枝丫，那是乌桕树黑色的骨头，将无人认出。

那棵彻底卸掉荣华的乌桕，独立于茶山之顶，以异乡者的姿态，缄默不言，在风中。

这感觉，很像一首美国民谣《五百英里》。吉他伴奏，歌里那种离家的淡淡的忧伤和眷恋，像秋风缓缓吹过大地，红色的乌桕叶子纷飞，漫山遍野落了——也在我心上层层叠叠铺了叹息。小娟用英文翻唱了这首歌，曲调更舒缓悠扬，好像落叶飘到秋水之上，随秋水迢迢地远了，而远方的山谷，暮霭四起，山川隐进了潮湿飘扬的雾里。

"若你错过了我搭乘的那班列车，那就是我已独自黯然离去……我已离家五百英里，如今我衣衫褴褛，依旧是一文不名。"

许多个独处的时光，我在电脑里循环播放贾斯汀·汀布莱克和小娟两个版本的《五百英里》，一直听，一直听，直到窗外黄昏，晚霞苍黄的余光软软铺在对面楼宇的墙顶上。

这个大地上，有多少离家的人呀。他们或者迫于生计命运，或者为了追寻梦想。

他们像歌里的人一样，常常独自登上列车，来到别人的故乡。

他们像一棵他乡的乌桕，怀着无限凉意和远意，在风里静静地落着心情的叶子。

读南朝乐府民歌《西洲曲》，读到"日暮伯劳飞，风吹乌桕树"，就觉得秋色起来了。其实诗歌里才值夏季，乌发翠钿的女主角怀着相思，在风吹乌桕树的那个黄昏出门去采莲了。她一边采莲，一边怀人，所思在远道，在江北。

"日暮伯劳飞，风吹乌桕树。"以景写情，写的是一个正值韶华的女子的孤单———一直觉得这句诗用在这里有点大词小用了。《西洲曲》整首诗，画风清丽，轻灵，乌桕在这里像一团墨，还没洇开，重了点。"日暮伯劳飞，风吹乌桕树"，这样的景致带着点苍茫的远意，似乎更应景远在征途的旅人。是啊，日暮时分，倦鸟归巢，晚风摇动夕阳里的一棵乌桕，也吹拂旅人宽衫大袖的征衣……就像元人马致远的那首小令:"枯藤老树昏鸦,小桥流水人家,古道西风瘦马。夕阳西下,断肠人在天涯。"

一棵风里的乌桕树,属于旅人,属于怀着异乡感的人。

因为乌桕,是野生的树,它不具备庭院气质。有庭院气质的树有梧桐、桂树之类,所以古人的诗句里常有庭梧、庭桂之类词句,汉乐府里有"中庭生桂树"的句子,辛弃疾写"风卷庭梧,黄叶坠,新凉如洗"。

读《西洲曲》,越过那个采莲女子的相思,影影绰绰的,似乎总能看到一个远在江北的旅人。在这幅莲花婆娑的清丽画面之外,还有一个苍凉的、渺远的、横阔的画面,无边无际绵延伸向霜寒季节,主角是那个被思念的征人,"日暮伯劳飞,风吹乌桕树"应该是他吟出的。

乌桕虽不具备庭院气质,但它在江湖,生在江湖,老在江湖。

乌桕是野生的,它是远方的风景。

古人写乌桕的诗句中,值得玩味的还有唐人张祜的"落日啼乌桕,空林露寄生",这句诗里,能读到行旅者的风尘仆仆之气,读到露水似的忧伤,读到"身是客"的人生况味。诗题为《江西道中作三首》,果是旅途之作,藏不住的异乡感,像夜溪一样清凉渗透于字句间。

诗里的乌桕，想必也是一棵秋风里的乌桕。在山野，在旅人的遥望里，满树飞红。

写着《天净沙·秋思》的马致远，也是黄沙古道上的一棵乌桕，晚风在吹，持续地吹……江湖随脚步越走越阔。

还有谪居卧病在浔阳城的江州司马白居易，"醉不成欢惨将别，别时茫茫江浸月……东船西舫悄无言，唯见江心秋月白"。真是喜欢这样一些带着苍苍莽莽尘气的句子——这样的茫茫月色与秋水，只有辛苦奔波、远在江湖的人才有机会遇见。在唐朝，在浔阳江边的那个月夜，听着琵琶泪下的诗人，他就是一棵乌桕啊，命运的冷风横吹枝头，他一边疼痛，一边于霜色中迸射出文学的耀眼光芒。

我不喜欢在朝廷里按部就班当差的苏轼，我喜欢沦落辗转半个中国的苏轼，黄州、惠州、儋州……因为他的远谪，我看见了遥远的黄州有一个承天寺，看见承天寺的月光空灵澄澈；也因他，在脚步未抵西湖时，我早看见了"水光潋滟晴方好，山色空蒙雨亦奇"……他描绘天地间的奇景，他走在奇景里，成为风景的一部分。

命运，给人一程辗转，也给人一片江湖。

秋风，给乌桕一季风霜，也给乌桕一树华彩。

在秋天，在黄昏，我常常会隔着三十年的光阴回望过去。也许心至老境，就老出了一点海拔高度，就能看见旧时乡居光阴里的那棵老乌桕的枝头了，那秋风摇荡的一树秋色。

风霜之下，一片红叶，像一枚勋章。一树秋色，像一座光芒四射的宫苑楼宇。一棵树，寂寂穿越春夏，接纳秋霜严寒，然后，把自己最成熟最艳丽的时光隆重呈现——它让自己美到悬崖绝壁，然后，风吹乌桕，整个大地都蹲下身子来仰视它的坠落。

以最浓稠的炙热华彩，迎接风霜之后的山河冷落，乌桕叶将生命终止在高潮。这样的生命真陡峭，是只可远观，不可攀登。

我们飘荡在江湖之上，是一个个行旅者。风慢慢吹，我们慢慢老。

老成一棵他乡的乌桕，就知道了秋很深，霜很冷。

走成一棵秋天的乌桕，就知道了江湖辽阔，知道风霜敲打出来的繁华高峻而沉实。

才识野樱花

春天去江西修水。

朋友开车载我去看大山深处的一座廊桥。只是，在去廊桥的路上，我的目光已被山上远远盛开的野樱花给绊住了。

起先不知是野樱花。只是看见乱山葱茏中不断浮起一片一片的粉白或粉红，以为那是杏花。肯定不是桃花。桃花太艳，气不静，不够野逸冲淡。

那样的一片片粉色花儿，浮在莽莽苍苍的绿色之上，显得轻盈又清寂。像月色，疑是昨夜月明星淡之时走丢的一片月光，晨晓时没来得及溜回天上。又像一片蒙蒙的雾——那花开得有云烟之气，让人担心风一吹，团团的花树就会倏然消隐。

我举了手机，不断地拍。车子在深山里的公路上兜兜转转，我拍到了各种姿态盛开的花儿。它们或从山顶的岩石上瘦瘦探出枝丫来，然后疏疏打开花朵，开得又危险又万众瞩目。或者是密密陷身于深厚广大的绿色里，倔强地举出一顶的粉色来，仿佛呼喊着：我在这里，我在这里。它们大多不成片，不是漫山遍野地盛开。它们像村落，一户一户的人家，一盏一盏的灯火，自己照亮，也遥遥相望。

"那是杏花吧？"我问。

"不是。那是野樱花。"朋友淡淡一答。没有丝毫要向我隆重介绍的意思。大约野樱花在那里实在寻常。

山下溪水潺潺，山上林木苍苍，林间晨岚弥漫，这些景致，似乎都远胜于野樱花的开放。

好美啊！我觉得这美里还有一种不管不顾的勇敢。彼时，山下人家的庭前院后，春气微寒，桃李尚未发。

我心里喜欢上了野樱花。像新识一位气息相投的友人，心底藏着欢喜和珍重。

离开修水时，依旧是坐车，一路经过高低盛开着野樱花的连绵群山。我终于憋不住了，跟开车的师傅说起野樱花，我想探听到关于野樱花更多的细节甚至是赞美。

"这里山上这么多的野樱花，到夏天，你们上山的话，一定可以采摘许多野樱桃了？"我试探着问。其实我对自己的猜想十拿九稳。

"野樱花不结果子。"开车师傅淡淡地说。

"啊？怎么会呢！"

"是的，只开花，不结果。"开车师傅跟我毫无争辩的心思。

我愕然不已，一时接不上话来，只觉得那晨晓时的林间烟岚漫进了我的心里，心上一片怅惘。这么美，又开得这么早这么勇敢，竟然不结果！

我想了半天，以我有限的植物学知识开始反驳："不会不结果的。只要开了花就一定会结果。否则，那山坡上零零散散生长的野樱花怎么繁殖？"

"是的，也结果，但果子又少又小，小到没人看得上。所以，在我们这里，野樱花等于是不结果。"开车师傅向我妥协了。

但我的心依然像被不小心灼过，有隐隐的疼，不敢再提野樱花。仿佛一提，一段梦就碎了。

多少年了，我始终只认一个理：春天来了，花就会开；花开了，蜜蜂就会来……然后，蜜蜂会传粉，雌雄花蕊来相会，夏秋之季花树会结出甜香的果子。

我怎么会知道：有时，开花也是惘然。

野樱花，在早春的薄寒里，不管不顾地开，不过是，囫囵着开了一场。

那月色似的野樱花，那薄雾似的野樱花，那么轻，那么白，风一抹就碎的野樱花啊，在早春开成微茫的眼神。

尘世阡陌，徐徐而行中，还有一种风景，就是花会开，但没有结果。山里的人，早认得了，我至今才认下。

大　寒

天冷。冷到直见本质，没有指望，没有退路，便是大寒。

大寒之际，往往有奇景。屋檐下的冰凌挂得万箭齐发，冬的肃杀，在于处处有兵戎相见的凛冽之气。

我怕冷。可是，又觉得大寒天气，实在快意。世界非黑即白，万物非死即生，没有模糊地带。

记得童年时，深冬天气，宅在屋子里，烤火，听门外的风声雪声。坐不住，心里像有一支军队在招兵买马。那时我总会趴在窗子边，或者透过门缝，看天地荒寒。彼时，田野空旷而静寂，水边的林木脱尽了叶子，只剩下嶙峋苍黑的枝干挺立在无边的寒气里不言不语，它们既孤独又勇敢。我看着空旷的林野，想着世界如此辽阔，哪一条路是我走向远方的路呢？哪一条路最先走进春天呢？

上学路上，我经过长长的河堤，冷风灌过耳畔，灌得浑身冰凉。我想，我若往河堤边一站，也是一棵寒树了。这样想着，一路所遇的那些萧萧林木，都成了我的同类。我们同在人间，顶风冒雪，把骨骼放在寒冷里锤炼。

最痛快的是一场肥雪倒下来。万里江山，都是雪的江山。我们看的是雪，说的是雪。我们在雪地上走路，又披一肩白雪回家。我们呵着热气，在门前打雪仗，手和脸都冻得通红。我们成了雪人。我们是白雪生的，终要在天地之间磨一磨骨骼，看是否锋利。

有一种人生，也是大寒的人生。

海派画家吴昌硕酸寒大半生，直到六十多岁之后去上海，生活才渐渐有改善，他的书画也才真正在上海立稳了脚跟。之前，他逃过难，要过饭，在五年的逃难生涯里，他患上了伴随他一生的肝病和足疾。战争结束，他逃难回家，家中亲人俱亡，母亲连一具棺材也没有就被草草埋葬。他原是寄望于仕途，光耀门楣，奈何只是做了酸寒尉。他四十多岁时移居上海，意欲以书画养家，可是门庭冷落，只好草草又折回苏州。

半个多世纪的苦寒，像一片冰封的辽阔大地，每一步，脚下都是寒气。这样的寒，真让人绝望。这个从苦寒里爬出来的人，羊毫一抖擞，估计都能掉出许多冰碴子来。可是，还是要画。骨头冻硬了，只剩下站立这个姿势。

晚年，他成了画坛领袖，他苦寒的人生才有了一抹暖色。他画梅花，梅花娇艳却清冷；他画牡丹，总会在牡丹旁边立几根片叶不着的寒枝，还是脱不尽那一点寒气。明明是春天了，羊毫里还动辄是倒春寒。

朋友在微信里跟我聊天，说他遭小人暗箭，很受伤害。我印象中的这位朋友，是一个谦谦君子，随和、善良、低调，喜欢读书，喜欢思考，极具涵养。朋友说：我这一年，心灰意冷，跟人说吧显得矫情，不说又心上实在委屈。我不知怎样安慰他。我说：我身在低洼之处多年，诸番酸辛滋味尝尽，我把这当成是上天检验我的修行。不是自视境界如何，实在是，只有当作修行，才能低眉度这漫漫蜷缩的光阴。

黄梅戏《女驸马》里唱：公主生长在深宫，怎知民间女子痛苦情，王三姐守寒窑一十八载……到鸡年岁末，我在这个滨江小镇，教书刚好一十八年。青春在江风中，一年年，散尽了。

惟是知道了，人间还有大寒，这节气。

或许，大寒之下，方见大观。一如我早年所见的，那些从不雷同的雄奇林木和茫茫雪野。

胡杨的姿态

遇见胡杨,像遇见英雄,像遇见神,像遇见来自远古的光与神的启示。

第一次见胡杨,是在朋友拍的照片里。我惊诧于那么浓重纯净又浑厚光明的金黄!我没想到,在干旱荒凉的沙漠地带,还有那样一种乔木,在风沙里专注锻造纯种的金黄。

我只觉得,这样的金黄,有着皇家的贵气。这是属于中国的金黄,在旧时皇宫的雕梁画栋间时时呈现的金黄,是皇帝上朝时龙袍上飞龙翔舞时的绸缎的金黄……

但我没想到,胡杨的盛大华美是伴随苦难与穿越苦难的无畏而彰显出来的。

肯定要去亲眼一睹胡杨的风采。从南京乘飞机到乌鲁木齐，然后转乘火车，到轮台县。就是古诗里"轮台东门送君去""尚思为国戍轮台"的轮台，濒临辽阔的塔克拉玛干沙漠边缘。最后，从轮台县城出发，沿沙漠公路，去往轮南镇，塔里木胡杨林公园就在塔里木河附近的轮南镇。

出县城后，一路遇见的车辆越来越少，窗外人烟渐稀，渐渐是一望无垠的沙漠，偶尔有干枯的野草嵌在缓缓起伏的沙丘之间。起先，见到的是窗外三五株胡杨，瘦而挺拔，立在沙丘与枯草之上。金黄的叶子，叠染在阳光下，虽然好看，但树冠到底显得单薄。在我们雨水充沛的长江中下游地带，即使灌木，也要比眼前的胡杨茂盛。

正要遗憾，忽见远方一座庞大的胡杨的王国已经隐隐浮现。

近了，我们的车子在沙漠公路边转了个弯，往一片野生胡杨林里开进。眼前，一株株高达丈余乃至三四丈，甚至更高的胡杨们，举起一个个金黄的树冠，像是大地之手在向天空献上一束束辉煌耀眼的花朵。而树林深处，胡杨们黄色的树冠高低连接、堆叠，竟像一团大火在熊熊燃烧，在助威，在呐喊。在无边无际的沙漠之上，这些胡杨们，用枝叶拥抱，抱成火焰，抱成最大气华美又厚重的风景，与干旱、风沙、寂寞、苦寒对抗着。

在胡杨林里走，在惊艳于胡杨秋叶灿烂华美的同时，我震惊的是胡杨的残缺、伤口、疼痛和生长的艰辛。

那些胡杨，有的枝丫戛然断折，硕大的树冠呈现出完全不对称的构图来，好像一只飞翔的鸟，可是只有一只翅膀。还有的胡杨，干脆拦腰折断，剩下半截主干，像一支秃笔插在沙里，静默无言。有的胡杨，已经睡倒在脚下的沙里，我踩着沉睡的胡杨，像踩着一只搁浅的驳船。这些已经死去的或受伤的胡杨，它们粗壮旺盛的根系从沙漠之下汲取的水分，化作汁液在木纤维里奔涌，可是流着流着，就断流了。我不知道，是哪一场狂风，从天山那边刮来，带着凛冽的寒气和坚硬，将一棵棵千百年的老树切去了叶，切去了枝，甚至切去了干。但我知道，在几十年或千百年的光阴里，有那么多的狂风、暴雪、尘沙飞扬，灾难像连续剧，尽数躲过实在不易。而那些侥幸生存下来的胡杨，很少有像白杨那样身子笔直挺拔的。大多数活着的胡杨，身上都是伤痕累累，或者枝干弯曲，或者半身枯枝，或者一截一截的伤口纽扣似的排布在树身上。

但是，只要活着，就要长出叶子，把叶子伸进云朵里，长成一丛深深的碧绿；把叶子铺在风霜里，敲打出一身尊贵的金黄。上面的枝断了，就让下面潜伏的枝叶接替生长。东边的枝短了，就让西边的枝叶突围来绽放金色光芒。一年一年，十年百年，攒够了苦难，也成就了巍然与明艳。行走在这些树龄动辄几百年的胡杨林里，我觉得我的五脏六腑都像在这火焰里被淬炼锻造了，都有了热度，有了硬度，有了纯度。我的身体里，住进了英雄，胡杨一样无所畏惧、不摧不折的英雄。

生而不死一千年，死而不倒一千年，倒而不朽一千年，说的是胡杨。在胡杨的生命里，动辄以千年作单位来表述它的生命内容。在塔里木胡杨林公园，我瞻望一棵树龄三千五百多年的胡杨王，这棵胡杨树高二十米，树干周长六米，枝叶交叠，遮天蔽日，巍然有王者之气。据说每至金秋，胡杨林公园里游人如织，人们纷纷来到这棵胡杨王树下祈祷许愿，祝福亲人朋友如胡杨一般健康长寿，如胡杨一般坚韧无畏。

人们，已经把这棵胡杨视作了神。甚至，这辽阔的一片胡杨林，这生长在中国西北沙漠地带的胡杨物种，在人们心中，都已有了神性。

离开轮台时，在轮台火车站的候车大厅里，我又见到了一幅巨大的胡杨照片，跟我白日所见略有不同。照片里，胡杨依旧金光灿烂，只是，胡杨林旁边，有一弯蓝色的水域。碧蓝的水里，倒映着胡杨金色的身影。宝蓝与金黄完美组合的色调，美得庄严而深情。

我忽然觉得，这照片里的胡杨闪耀着一种母性的光辉。

这也是轮台的胡杨。轮台的胡杨们挽手并肩，连接成一道坚固城墙，抵挡风沙，抵挡着塔克拉玛干沙漠的北移。她像个母亲一样，温柔守护着绿洲，守护着家园，守护着一汪蓝莹莹的清水。

遇见胡杨，我就遇见了神；遇见胡杨，光芒就照进了我心。即使在多雨的长江中下游，我告诉自己：你要活成一棵胡杨，始终秉持一颗尊贵的心灵，无惧坎坷磨难，且能始终怀有母性的深情与温柔，以惠及他人。

以沙漠为纸，以时间为笔，胡杨在天地之间，写下了人的姿态。

花　荡

　　每日上下班时会路过一个园子，园子里有一雕像，是个古代的将军骑着战马挥舞着兵器正在冲锋陷阵。春天时，会经常进园子看花，顺带着看一身戎装的将军雕像，看着看着，慢慢看得心惊。

　　似乎花开里，也有金戈铁马的动荡之气。

　　素白的梨花，娇媚的海棠，端庄的玉兰，以及小家碧玉似的粉色李花……那些累累簇簇的花儿，千军万马呼啸盛开。在我仰视的目光里，那么多的花蕾都张开了花冠，仿佛重门次第打开，迎接阳光的加冕和蜂蝶的朝贺。在春日，走在花荫下，便是走进了花的浩荡大军里，走进了花的奢华国度里。它们把所有的家底都兜出来，呈现盛开。开得真是盛，盛得让人担心。那么蓬勃盛大的开放，总有撑不住的时候。

不论桃还是李，不论海棠还是玉兰，这些树，在春天，开得天真烂漫，也开得烽烟四起。那些花瓣，饱含汁液，散发芳香，像是盛世霓裳，也像是前仆后继举起的战旗，向着更高更远处的树枝发起冲锋。

花朵内部似乎也有战争，它们彼此推搡排挤，都在追赶阳光，都在抢夺最好的向阳位置。它们相互追赶着盛开，一些开不动了，蔫下来，被新的花朵踩踏掩盖。在繁丽的花海之下，此消彼长，此生彼灭，倾轧和斗争一刻未停。坐在花荫下，听见蜂蝶飞舞的热闹之声，这些蜂蝶之声掩盖了花朵的喘息、呐喊、呻吟、叹息，抑或唱诵。

在落雨的早晨，横穿公园去上班，我像是晚明西湖边的那几个文人，横穿了一段改朝换代的历史。夜来风雨声，花落知多少。一夜风和雨，带着草莽英雄扫荡而来似的钝力，加快花事涤荡。不论它们昨天是相互挤对着开，还是齐心协力地开，现在，它们都败给了风雨。风雨清洗高处和低处的树枝，重新安排花朵及其他一些事物的命运。低处的灌木丛上，假山上，湿漉漉的林荫道上，草地上，小河上，到处都是无主的花瓣。红的，紫的，粉的，白的，数不清的碎花零落在地，在尘泥，在流水。昨日那奢华盛开的花花世界，已经四分五裂，已经七零八落。抬头看树顶，树顶已然空荡冷清，寥寥的几朵还没零落的花儿，像个落寞哀伤的送行者。

生命的轨迹是一根抛物线。在抛物线的顶点处，空气只需微微动点手脚，一点小小的空气的浪，那些堆积高耸的花朵便开始坍塌，瓦解，随风飘荡。是的，即使没有雨，花朵也一样会坠落。它们会被自身的重量所诅咒，坠毁到低处。没有雨，它们可能会被微风吹送着，把流徙的旅程走得更远一些。微风会把这些破碎花瓣送到游园人的头顶上，送到熙熙攘攘的街巷里，送到停在地铁口的共享单车的车筐里……它们最后被环卫工人收纳进垃圾桶里，运到城外去。它们再美，再盛，终归寂寂无名。

坐在公园的长椅上，坐在夏初的宁静里，我抬眼看那些绿得近乎黛色的树枝，暗自感喟。回首它们的花开时节，多像养肥了的欲望。它们用颜色作姓氏，红最煊赫，黄是尊贵，紫和蓝暗藏凛然兵气，白作书香世家姿态……这些颜色，各寻高枝驻扎，俯视低处幼草、苔藓、菌类和奔忙的昆虫。这些花儿，在三春的阳光里，曾经开得张灯结彩、锣鼓喧天，曾经开成高门望族赚尽世人的仰视。

三春之后，风雨过后，被拆解，花朵回到泥土，比草更低，比苔藓、菌类和昆虫更低。花朵终于安静，生出无限善意。它们与泥土交融，供养比它们高的植物和动物。

当绿叶在枝头膨胀，青涩的果子怯怯又欣欣然在枝叶缝隙间隐现，一棵树至此完成一个季节的更替，开始新一程的追赶和新旧交换。

每一回上下班，路过花事阑珊的公园，像路过销烟已歇的战场。那些曾经汁液奔涌的花儿，现在弃甲倒下，战袍遍地。隐约的花香像是还没干透的血液，像是还没被风吹散的呐喊，像是它们挂在胸前的姓名牌。它们被暂时辨认，但很快被尘泥掩盖。

麦　绿

南方也种麦。记忆中，少年时故乡的田野上，麦田都是小块小块的，杂在油菜田和紫云英田之间。油菜花开落，紫云英花开落，田野被彻底的绿色一统江山。

一牛，一农人，一前一后，将紫云英花田犁过，然后灌了水，插了秧苗。微风拂过鹧鸪鸟的羽翼，拂过稻秧下的水面，也拂过麦田里那一垄垄的青绿小麦——水田里微微荡起的水波里，倒映着近处微微起伏的麦浪，向着弯弯的田埂，一路绵延。微风在南方的田野上，就这样画下一道道长长短短的弧线，那是青麦写在白水里的弧线。

南方田野里的麦浪，它们是小格局的绿，荡着荡着，收束在弯曲的田埂下，仿佛一湖碧水的景致，被安置在一个青褐斑驳的相框里。

第一次见到碧绿无际的麦浪，是在淮北大平原上。那是十年前的一个春末夏初时节，我和同事去安徽淮北看柳孜隋唐大运河遗址。那天风日清和，我们的车子在一片广袤的麦田之间的水泥路上驰行，穿过车窗的柔风里，尽是麦叶好闻的清新气息。我贪婪地启动深长的呼吸，觉得我的呼吸接上了麦子的呼吸，麦子生长所散发的清香古老柔长，将我周身软软披拂。

站在阳光下，站在这样一片青绿的麦田之间，不论往前走还是往后走，都像是在跟着麦子走。淮北大平原上的麦田太辽阔了，人在其中，看不到田埂，看不到边际，仿佛整个淮北大平原，只是一块麦田。

看着这样平坦而辽阔的麦田，真让人心安，让人脑海里一下蹦出四个字：天下粮仓。可不是？这成千上万亩的麦田，仿佛一片麦子的海洋，在春末夏初的暖风里微微起伏荡漾，它们把村庄荡得远远的，远在朦胧的杨树下；它们把太阳落在泥土和麦叶上的银光，也荡成了飞沫。

与淮北大平原上的麦田比，南方那卧在一截截田埂下的小块麦田，只成了麦绿的边角料，只成了田野上的一道绿色的点心。

在柳孜隋唐大运河故道边，我看见了一只被发掘的唐代沉船，也登上了一截宋代的石建筑码头，仿佛看到一千多年前的流水又从大海深处流回来，沿着古运河，汤汤流到我的脚边。在这样的流水之上，也必然会有船只来往，那货船也必然会在这座石头码头停靠，然后装载着淮北大平原出产的小麦，再沿着河流一路北上……而我在这个春末夏初的淮北大平原上所遥望的那无边的麦绿，仿佛是正在排队上船的麦粒。只是，它赶不上唐朝的那拨漕运船只了，也赶不上宋朝的了，于是这无边无际的麦子索性心平气和地生长，慢慢等着扬花，等着灌浆，等着机械化收割，等着磨成粉，等着小麦食品的千百种制作方法。

北方的麦绿，是千军万马的绿，是奔腾不息的绿，是壮观大气的绿，是填实天下粮仓的绿。

但我的南方麦田，也有小令一般生动可人的绿。每到四五月的春暮鹧鸪天，坐高铁经过南方的田野，遥看那窗格子似的一截截田埂裁剪出一块块的油菜田和小麦田，我就会想起少年时候早晨上学的情景。那时春暮，薄薄的雾气轻纱似的弥漫在田野之上，我们背着书包走在露水漫漶的田埂上。彼时，小麦已抽穗，嫩嫩的麦芒不时擦过我们挥动的手臂。我们走过田埂，走过麦田，常常会遇上正在田埂上吃草的褐色水牛。水牛的牛角和我们的手臂一样，上面落满湿漉漉的细小白花，那是小麦的花。

那时桑麻

穿衣是大事。

在古代,衣里的麻衣是我们平民百姓的标配。不像现在,穿麻是一件很体己的事,有种小庭小院的小情调。

读李白的诗"长安一片月,万户捣衣声",抛开征夫和秋思这些话题,那情境还是很有古风之美的。朗月在天,月光皎洁,城里城外都沐浴在月色下,可是这夜是醒着的,因为有一阵一阵的捣衣声。千门万户的捣衣声悠悠传出,在幽蓝的夜色里,平平仄仄,像化作声音的诗……

其实,不仅蚕丝类的衣服要捣,就是麻质的平民服装,也会因为棒槌的反复敲打而变得柔软和洁白。

我喜欢读古诗文里关于桑和麻的文字,感觉从古到今,大家吃饱了就去忙纺织。

孟浩然的《过故人庄》里有四句诗极美："绿树村边合，青山郭外斜。开轩面场圃，把酒话桑麻。"前两句景美，要是在电影里，镜头会是由近往远拉，缓缓扫，林木，村舍，青山，城郭，河流和欸乃船声，民歌和采茶采桑的少女……江山如画呢。后两句事美，人物出场，按照先后顺序：到朋友家了，寒暄过后，客人站到蒙了窗纸的窗格子边，伸手轻轻一推，风儿携带草木的清香拂面而来，开阔的打谷场对面，是绿篱围绕的菜园。身后，人影幢幢的，酒菜皆已端上桌，举杯喝酒的间隙，不说人世沉浮，说门前的桑，说门后的麻，话题接地气。桑田碧绿，硕大的桑叶在山野的暮霭里，叶片如莲在水。重阳未至，秋色还远，一簇簇的麻亭亭生长在风日里。

乡下人家，养蚕采桑，煮茧取丝，织绮、绫、锦、绢、縠……然后去集市上卖给富贵人家，换了油盐酱醋，度寻常光阴。那些麻，割回家，剥皮，取纤维，织成粗布，安顿了一家老小的冷暖。

少年时的乡居生涯，懵懂度过了一大段麻下生活的青葱光阴。我们那个江边小镇，以江堤为界，堤外是沙洲，洲上绵延村落人家；堤内是圩区，算是相对成熟的农耕区域，种植稻米和其他作物。外婆家在沙洲上，家里种棉种麻。暑假一到，我穿着白上衣蓝裙子，背上暑假作业就去外婆家。下了江堤，一路迢迢，往沙洲深处去。外婆家所在的那个洲叫石板洲，是我们那个小镇所属的最大的一个洲，地面平整如石板。

洲上沙土松软，成片成片种植着黄麻。我穿过两片黄麻地之间的沙路，听着黄麻深处的唧唧虫声，没有风，黄麻的清气在烈日下蒸腾弥散，我感觉自己像是穿过一片古老静寂的热带雨林。莽莽苍苍的黄麻呀——路上几乎没有人影，心里又恐惧又好奇。

那时，黄麻正在腾腾生长，比玉米要高，比竹子要矮。一根叶柄上会伸出四五片披针形的叶子，组合起来，像五指伸开的手掌。长路无聊时，我常常会掐一把黄麻叶子在手，跟它比手掌大小。

初秋天砍黄麻。舅舅和姨娘们把成捆的黄麻运回家，靠在屋檐下晒，草本植物特有的清气氤氲在初秋的暖阳里，在沙洲上到处弥散，我被熏染得也要成为一根草本植物了。剥黄麻的皮纤维，通常都是在农闲的雨天和冬天。晒过的黄麻金黄色，剥出来的皮纤维一面金黄乃至赭红，另一面浅黄色或者是乳白色。剥出来的皮纤维扎成一把一把的，论斤卖。我那时最喜欢躺在堆放的黄麻皮纤维上，柔软而蓬松，已经初初有了织物的触感，又有来自土地的清香。有的黄麻粗过拇指，剥出来的皮纤维自然要宽，我展开摩挲，光洁如纸，真想在上面写字。

不知道古人常穿的麻衣是否有黄麻纤维制成的衣，如果有，那穿起来扎人得很吧。现在也有用黄麻制布的，多半是装饰布，不会用来制衣穿了。现在黄麻主要用于制作绳索和麻袋之类。我从前有个邻居，是个中年大婶，她父亲在二十世纪七八十年代做着"投机倒把"的买卖，在沙洲上收黄麻。那时黄麻很贵，若是掺假自然利润丰厚。有一年，他把黄麻卖给煤矿，绞成绳索放设备下井，结果出了事故。黄麻绳索断了，因为黄麻里掺假了，掺的是棉花秆的皮纤维。棉花是很好的纺织材料，但棉花秆在乡间只能当柴用，无甚其他价值。她父亲后来坐牢了，被关了若干年。

黄麻还有一个功用，似乎就在民间丧事上。

我记得，奶奶去世时，父亲披麻戴孝的打扮。他头上戴着白土布缝成的孝帽，腰间系着麻绳，麻绳上还垂落着一圈黄麻纤维，随父亲走动时簌簌飘扬着。我那时心里也知道悲伤，因为明白从此我没有奶奶了，可是看着父亲披麻在身的样子，又觉得奇怪。

为什么在丧事上要披麻呢？我一直没搞明白。难道是用麻衣打扮，表示自己因为悲痛已经无心讲究服饰？因为，劳动人民最初穿的衣服是麻衣，然后才有了细软的棉衣、精致华美的丝绸，和今天的化纤类衣服。麻衣代表本初，是吗？

除了种黄麻，还种大麻。大麻个高跟黄麻差不多，也是剥取皮纤维。但大麻生相比黄麻粗野，秆上有隐约的突起物，像小刺，叶子的边缘摸起来也棘手。黄麻是晒干了在冬闲时剥，剥出来的皮纤维轻柔得像仕女的飘带。但，大麻一般即砍即剥，剥大麻感觉像杀猪。大麻秆粗，从根部折断，铿然一声，从切口处剥起。剥大麻一定要戴手套。跟黄麻比，大麻价贱。在二十世纪八十年代初，好像是二十几块钱一担，夏秋之间就有麻贩子开着三轮车来乡间收。晒干的大麻皮纤维依旧青绿，一捆捆过秤，摸起来粗硬得像李逵的须髯。

我们那个江边小镇，种黄麻、大麻、棉花，后来还种苎麻。苎麻是有着宿根的草本植物，一旦种活，就可以像割韭菜一样年年割收就成，不像黄麻、大麻那样要年年种。

我喜欢苎麻。苎麻不高，最高不过及腰。路过苎麻地，风一吹，苎麻卵形的叶子翩翩翻动。那些叶子，背面覆满白色绒毛，风一吹，像有人在翻书，宣纸洁白的一页页一本本。

苎麻是娇俏少女，黄麻是斯文书生，大麻是江湖武夫。

我童年时，睡的父母的床上，罩着一副白色帐子，那是母亲结婚时置办的，在那时大约算为一个大件了。母亲称它为"夏布帐子"，摸起来比棉要粗硬，但是耐用，一直用到我们家不用帐子的新世纪之后。那副夏布帐子是用苎麻纺织而成，实在结实，连老鼠也很少咬，不知道是否味苦。

麻质的夏布帐子，还有一喜人之处，就是越洗越白，越洗越软。我最喜欢看母亲在春末夏初的河边洗帐子，棒槌半空里抡起来，"梆梆梆"的槌衣声在河面上盘旋，回音阵阵，好像一河两岸有无数个棒槌抡起来，声音清脆，带着民歌的韵味。那时没有甩干机，洗好的帐子，母亲和奶奶两人牵着，在两头扭，挤水，然后晾晒。晒干的帐子在风里飘扬，像古老的帐篷。我们常常跑到帐子下捉迷藏，透过织物纹理看月白色的天空，麻的清香，混合着残留的洗衣粉的香味，满头满脸把我罩着了。

后来，几次搬家，那副夏布帐子再也不见踪影。而现在，也再不会买到那么材料实诚绿色环保的帐子了。又有几人还会买帐子呢？

我家曾经有一小块土地，种了苎麻，苎麻地边是奶奶的坟，坟上青树翠蔓。每去苎麻地里割麻时，看着一片茂盛的苎麻在奶奶的看守下生长，绿色的、白色的叶子在夕阳与晚风里起伏摇曳，像奶奶的头巾，就觉得奶奶不曾去世，奶奶还在我们左右。

放学和放假的日子，我在家刮过苎麻皮。刮去表皮的苎麻纤维，淡青色，薄薄的，轻盈的。晾晒在乡村的风日里，那些苎麻一丝丝，一缕缕，飘摇着，像少女的柔柔长长的发。种麻晒麻的乡村，也袅绕着少女般的清芬气息。

二十世纪八九十年代，在我们小镇的江堤下，新开了一家麻纺厂，招的工人多半是初中生和高中生。我那时很羡慕那些在麻纺厂上班的工人，夏天，他们穿着的确良的上衣，骑车经过我身边，唰唰的一阵风里，有隐约的麻的清香。我心里隐隐希望，长大后能到麻纺厂上班，看古老的苎麻是如何在机器的牵引下，变成线团，变成布料，变成衣服……

那个麻纺厂红火了若干年，后来静静倒掉了，是不是因为化纤产品铺天盖地袭击纺织界，也不清楚。我们那个小镇，后来到处种棉花，原来种麻的改种棉花，原来种水稻的也改种棉花，据说棉花要漂洋过海，出口到外国。

麻的疆土就这样越来越小了，再看它绵延蓬勃生长的气象，要绕路到古诗里。"麻叶层层苘叶光，谁家煮茧一村香？隔篱娇语络丝娘。"纺车吱吱转动，纺织娘笑语盈盈——沧桑的麻，根在古诗那片沃壤里。

南湖，南湖

南湖是一颗翡翠，镶嵌在无为县姚沟镇的东侧。从地图上看，高新大道和姚沟接线仿佛是一根细细的项链，上面挂起了一颗鸟形的翡翠坠子——南湖。

南湖美，美在南湖水，南湖春水碧于天。

看南湖的水，最好的季节是春天。彼时湖中莲藕未发，南湖一派天然去雕饰的清美模样。白云蓬蓬，倒映一湖碧水里，好像白帆鼓满了风。

春日艳阳下，伫立南湖边，遥看那近千亩的水面，烟波浩渺，岸边杨柳依依。春风过处，水面闪耀银波。彼时，湖滩上的芦苇，有的已经尖尖出土，好像一群手举绿戟的士兵，浩浩荡荡就要渡水征战而去。

待到油菜花盛开时节，围绕南湖的是一块块燃烧的田野。那种醇厚的金黄色块中间，包裹着一块碧玉一样安静的南湖，这种热烈与恬静的组合，金黄与碧绿的映衬，使得南湖更美了。

春暮，油菜花谢，四围的田野一派重重叠叠的疯长的绿色，南湖也在吐绿。水面上，荷钱出水，团团圆圆，好像一个个绿色的碟子在水面上大摆宴席，生动，充满喜气，也叫人无端生了许多希望之心。

南湖在刘圩村南面。夏天，面湖而居的村民一打开大门，带着荷叶清香的凉风拂面而来，人人都活得像是在瑶池起舞的嫦娥的邻居。抬眼看，露水晓色里，荷叶荷花在雾气水汽里袅袅婷婷地含羞舞蹈，好像未出阁的女儿。是的，是女儿。南湖的千朵万朵的荷花，是一个村子人家的女儿。眼看着她出生，长大，面容俏丽，招来四方八邻的欢喜。

黄昏，日头还没落进湖水里，劳动在南湖边的庄稼地里的村民们，抬头抹汗之间顺带着瞥一眼南湖，只是觉得美，却不用说出来。"接天莲叶无穷碧，映日荷花别样红"，对于生活在这儿的人来说，也只是日日得见的寻常景。

南湖的历史久矣。它什么时候形成的，问村民，村民说连他的近百岁的祖辈也说不清。只是这样一代代面湖而居，喝的是南湖水，吃的是南湖鱼，看的是南湖景，睡梦中听的是南湖的蛙鸣虫鸣。

地图上的南湖名叫闵家冲。有老人说，从前有个闵家的姑娘嫁到了刘圩的李家，嫁妆便是这个大南湖。从前的闵家可真是大户人家呀，一个南湖得养活多少人口！如今，这都成了隐隐约约断断续续的传说了。

"水深吗？"

"不深哦，除了龙塘那一块深有三米上下，其他地方人都能下去走。包产到户前，还曾把湖里的水抽掉一部分，在里面种稻子呢……"

在南湖边的一处田头，我遇到了几个朴实直爽的村民，我们站在春阳下一起话南湖。

在烽火硝烟的战争年代，南湖因为芦苇水草茂盛，因为湖中的接天莲叶无穷尽，也曾成为杀敌的好战场。当年，在姚沟地区有鬼子修建的碉堡，鬼子们盘踞沿江地区。南湖虽为内湖，却因东边有一条拖船沟与长江相通，其军事战略意义尤显突出。

当年，新四军们借助一条条渔船，藏身于芦苇莲叶之间，开展了一场场游击战，给盘踞江北的日本鬼子一次次沉重打击。

解放战争时，借助芦苇莲叶这个天然好屏障，这里又成了解放军与国民党军队激战的地方。

血雨腥风的年代已遥遥远去，如今，面对南湖，不见战乱流离，但见这安定富庶，这莲花盛开百亩千亩的壮阔与繁丽。

秋冬季节，南湖，是另一种盛大的气象。

一湖的红花白花全变成了一秆秆莲蓬，高擎在秋水之上。莲蓬采不完，有的成了苍老的黑色，像一座座小小的黑色阁楼——白天阁楼上住着秋风和秋阳，夜晚阁楼上住着星光与月光。

最难忘是深秋的莲叶，在南湖上，一片片由老绿转为枯黄，直至皱缩一团，垂首低眉对寒水——要回家了！不再青碧，不再千片万片地铺满水面，而是各自打点行装，心思恬静地回家，很有禅修者的气韵。

盛夏，它们盛大地开场，千朵万朵，千娇百媚。秋冬，它们盛大地退场，落幕，一湖黑色的老莲，在寒水之上，庄严肃穆，书写沧桑。

南湖，是江北平原上的一座戏台呀，这里上演过烽火硝烟世道沧桑，也上演着男耕女织人间好年华。南湖的荷花与芦苇，一岁一枯，一岁一更荣。南湖边的村民与水，与花，与广阔田野诗意地栖居一起，成为江北无为一处动人的美景。

青黄时节

小满芒种之间,乡村青黄相接。

黄在枝头上的,是枇杷。我一位画家朋友,经常画枇杷,水墨枝叶,当中几颗黄而圆的果子相叠,画边题字"黄金果"。如此,寻常的枇杷,也有了金玉人家的贵气。

在我的家乡小镇,几乎家家户户门前院后都植有枇杷树。初夏时节,布谷鸟在田野上边飞边叫着"布谷布谷,割麦插禾",乡人也不急,午饭后悠闲地在树下摘枇杷,一摘一大篮,伴着农具一起,拎到田边地头去。一下午,他们割麦,割油菜,累了就坐在田埂上剥枇杷吃。枇杷黄澄澄的,小麦黄澄澄的,油菜也黄澄澄的。

我虽多年不事稼穑,可是每到初夏季节,在城里就待不住，就想回老家去。就像旧时乡下做喜事的人家，大人们满面红光地忙，小孩子也欢天喜地在人丛里挤，狗也快活地跟在小孩子后面摇着尾巴。到底是那块江北水乡的土地上走出来的人，想到庄稼成熟，想到果子成熟，心里也跟着生起了五谷丰登的丰收之喜。这样的季节，天晚得迟，下班后坐上回老家的高铁，看着窗外青黄相接的田野铺在金黄的夕阳下，我觉得我的鼻子瞬间长成了大象的鼻子，穿过玻璃长长地伸到田野上去，伸到村庄深处去，那里有油菜、小麦刚被收割秸秆上散发的草木清香，那里有毛茸茸的枇杷、杏子剥去表皮后散发的果肉甜香。

这样的青黄时节，乡村悄悄熟着。一回老家，舅舅喊我去摘枇杷，姑妈喊我去摘枇杷……晚上在乡间散步，一路遇到的枇杷树比人还多，我就边走边摘那些人家的枇杷，然后边走边吃。即使被主人撞见了，就算不认识，人家也不责怪，还会笑嘻嘻地过来帮我摘，叫我多吃些。

杏子也在这时黄。我父亲栽的杏树，年年花开得好，但是果子结得稀，不知道是不是栽在水边的原因，它过得太滋润了，反倒忘记了自己的主业。尽管如此，那杏我还是常能吃到。"不知道大丫头哪天回来。"杏一黄，父亲就在杏树下念叨，盼我回家吃杏。珍贵的几颗杏，鸟也吃，散步的人路过也摘了吃，父亲总怕那杏等不上我。

我在小镇的路边地摊上，常常能买到乡人们自家树上摘的杏，果子极新鲜，价格极便宜，差不多是半卖半送。"阿晴也买杏啊，你爸爸的杏树还不够你吃吗？哈哈——"有时买杏的当儿，忽听得一声招呼，是旧时乡邻叫我的乳名，就算我人到中年，他们看我还当我是当年的孩童。那一句还带着我乳名的招呼声，在我听来，也有杏的绵软和香甜了。

乡村像一列长长列车，开到初夏这一站，下来了金黄的枇杷、杏子、小麦、油菜，又上来了绿色的秧苗。如此青黄相接，大地在短暂的斑斓之后，复归于安静、蓬勃的绿色大一统中。

小麦割过，油菜割过，土地很快被翻过，平整，然后灌了水，不到三五日，那遍地金黄的田野又全成了平平仄仄一样整齐的绿色世界。田里的水也沉淀下来，绿色的稻禾之间，水光一漾一漾的，倒映着蓝天、云朵和正在生长的稻禾的淡墨色影子。

此时，牛儿在田埂上吃草。牛儿有一搭没一搭地甩着尾巴，"双抢"已过，它闲了。牛吃饱了，走到河边喝水，或者躺在河滩的草地上睡觉，没人扰它。只有碧绿的野草野蒿和远处近处的芦苇在阳光下绿得越来越厚，似乎要把牛儿卷饼似的卷进绿色里。

在村庄里，陪着稻禾一起绿的，还有棉花、玉米、大豆，还有菜园里的各种果蔬，还有门前门后的梨、桃，还有窗前院后的芭蕉、竹子……它们的旅程比枇杷、杏子要长。

小满之后，一场黄梅雨下过，清甜多汁的乡间空气里，栀子花的香味里缠绕着麦芒开始腐烂的潮霉气息，是多少年不能忘却的故乡的味道。

春如线

　　柳在唐人的诗句里多半是"如烟"的,烟都是浩茫的一片吧,视觉上应该是远观才有这样的效果。可见唐人赏柳大多是喜欢登了楼,登了城墙,或者隔了浩荡的江水。哪怕淡一点,淡如烟,要的是一种量上的层累所带来的壮阔之气象,有点像张某人的电影。

　　我想,柳在文人的视觉里近了,真切见形了,大约在明代吧。在明人的笔下,它是"线"了,那是一种小庭小院的小格局的美,值得玩味。虽然唐人也有写"柳线"的句子,但实在寥寥,不及明人那样堂皇地端上来。《牡丹亭》里有一处的句子是:"袅晴丝吹来闲庭院,摇漾春如线。停半晌,整花钿。"另一处更直白了:"一丝丝垂杨线,一丢丢榆荚钱。"我就想,那一句"摇漾春如线"

里，如线的更多是指柳吧。明人笔下的柳，小情小调，却另有一番风姿了。

我喜欢这"春如线"三个字，春色形象可感，是物质的，不抽象。一切细袅袅的，有新生之趣。

线是悠长，舒缓，绵软，兜兜转转，随心随意。人在如线春光里迈步子，那步子是慢的，心是软的，周身是浸出了几分仙气的，于是那日子过得再也不慌张、不潦草。南门的护城河边也有六七棵老柳，雨水惊蛰之间，但见那柳条被敷上了一层薄薄的绿意，在微风里，对着盈盈的湖水，闲闲地摇着摆着，仿佛试穿新衣，要绾的要结的细带子是麻烦得多。那模样，竟也有了几分杜丽娘的"云髻罢梳还对镜，罗衣欲换更添香"。挽一把柳条在掌心，便又要惊叹起来，那分明真的是线啊，极细极软，枝底下在牵着捏着，枝梢子在抽！才发的柳叶像一朵细瓣的素色的花，被串在一根根赭绿色的软而凉的线上，谁在半空里穿针引线啊，沾了春阳，沾了飞雨，这样闲淡地绣着罗绮春色？于是想起从前的关于柳的比喻，词语一头钻进"裙子""袖子"里，以为那才担得起柳的美，其实多么矫情而茫远，"线"才是最切近的。

在春天，如线的还有细雨，在老房子顶上，无声的，是斜的细线。或者在屋檐下滴的水，也是线，连上屋顶上的线，便是扯天扯地了。可是闭了眼，在心上伸手捞起的一把，还是那绣花丝线一样的柳条，雨侧身退到柳的后面去，它到底还是背景，是底子，柳线才是主角。春天如果有自己的姓氏，他首先应该是姓"柳"的。

九九歌里早就有："五九六九，沿河看柳；七九河开，八九雁来；九九加一九，耕牛遍地走。"如果说，这几句九九歌正勾染出一幅春色渐浓的图画，那我相信，那一位宇宙的丹青手提了笔，沾了墨，画的第一笔定然是线条。可不是？柳在软风里勾了千万条的线，然后是冰融河开，褐色的鸭子在水上扑腾，呼应着天空中的雁，在水墨画里，这都是"点"了。至于遍地耕牛，在斜风细雨里，怕是要调墨来着染的吧。人勤春早，正是从柳始。

画家吴冠中有幅作品叫《春如线》，这幅画里，看不见春天里某一个具体的物象，没有欲燃的一坡桃花，没有斜着翅膀半撑的黑布伞一样的燕子……有的只是点、线、面的交织、构成、组合，很是耐人寻味。那些纷繁曲折的线条里，又以绿色线条居多，叫人想起的还是那河畔浪漫撩人的垂柳！长长短短，随风飘扬，偶尔纠缠，随即散开，除了垂柳，谁还敢大着胆子来将它指认作是自己。画家眼里的春天，也是如线的。

由此回溯，柳在中国人的水墨画里，大多是以线条的形象立在宣纸上的。中国人的春天,到了极处,便是桃红柳绿,桃红是点,是面,柳绿是线。这线到了画家笔下,又深远蕴藉起来。但到底还是"线"。

春如线啊!

清　川

溪是闲的。

瘦瘦薄薄的一带清溪，被上天遗忘似的，蜿蜒落在山谷。大的小的鹅卵石镶在清溪两侧，补丁一般，标记着溪水在汛期时的宽度。

此刻的溪，闲着了。不用春水暴涨，日夜淙淙；不用载一树的落花，或者一坡的秋叶，去赶一段繁忙的水路。景致收了，游人也不来了，岸边歇了船与筏。

溪，只是溪。只是它本身，不为任何溪之外的事物而负累。溪水脚步迟缓，比风慢，比日光慢。在缓慢中，水与水流连，与卵石，与水底的寥寥几片腐叶和树根流连。

水浅，游鱼历历可见。游鱼也是瘦的，瘦得更见身体敏捷，浅褐色的鱼影在水里倏忽一跃，忽隐忽现。

我们是喧闹的。我们身上还披覆着城市的热烈和恣肆,我们的步履里灌满尘世的匆促和焦虑。可是,当我们赤脚踏过鹅卵石,在溪水边坐下,坐得也像一块补丁,心就清凉岑寂了。微风从溪水之上而来,拂过卵石,拂过我们的面庞鬓发,心里仿佛有一带清川,在静静地流淌,在静静地反射着日光。我的身体内外,被一带清川浣洗,被山光照耀,变得洁净,通透,轻盈。我是瘦了。

这是皖南秋初的深山,秋初的山间小溪,春花灿烂的时节早已远去,而秋叶还未曾霜染繁华。在春和秋之间,在两个隆重的季节之间,有一段清寂的山中光阴:草木一派朴素的老绿,溪水无声,林木深处的鸟也不喧嚷,仿佛一切都选择沉默。

溪边有人家。白墙黑瓦的两层小楼,典型的皖南民居。楼下两株高大的板栗树,抬头望,阳光穿过树叶,光芒软成带绿汁的光了。板栗还未老,一身绿刺,我们举竹竿帮主人打板栗,用剪刀剥出嫩白的籽实,入口清甜。

板栗树下有柴垛,手腕粗细的柴木,垒得方方正正。柴垛憨厚如老者。此刻山民家的灶膛里正烧着这样的柴木,炊烟升起,在树荫里弥散,弥散成浅白色的裙子,软软罩着民居,罩着溪水两侧的山路和草木,空气里充满烧柴的焦香味。放养的几只母鸡在板栗树下啄食被主人拣剩弃掉的菜屑，它们啄啄停停，也不争，想来那是它们的游戏。公鸡站在柴垛上，目光仿佛高过山顶的庙宇，高高翘起的尾羽上，闪烁着树叶缝里漏下来的阳光。

猫有静气，像"幽人独来去"的幽人。它悠闲地经过我们的脚边，也不叫。它径直走到溪边，在那里舔水来喝。水里颤动黑白相间的猫影，猫见怪不怪，只低头凝望片刻，便拖着长长的尾巴，踏过卵石，往草丛而去。草丛里有虫鸣，碎碎小小的虫鸣，露珠一般，在我们的耳膜上慵懒地滚。

午饭是用溪水煮出来的，入口，如有泉香。饭后饮茶，也是山溪之水泡出来的山茶，叶子在水里苏醒，舒展腰身，吐一杯春色。我们小口啜饮，唯恐惊了春天。溪在卵石上流淌，也在我们的脏腑之间流淌，到处都是波光荡漾。茶后恋恋不去，三三两两，我们在溪边的枫树下小坐，一株老枫，叶未红。阳光换个角度照射溪水，水光潋滟，如锦绣铺开。我们携手走上木桥，在木桥上排排坐，脚悬空晾着，细风吹拂各色的裙子，仿佛回到童年，我们都在水光的照拂里。我们潮湿，洁净，一夕无欲求。

我心素已闲，清川澹如此。

我们得一日之闲，暂拥一段清川。阳光很近，尘世很远。

秋将尽

晓色渐渐染白窗帘，一方冷冽而带着露水汽息的光明，在南墙上不断加深，突出。

又是一年秋将尽。

我睡在这样的清晨，觉得自己是一枚光洁素朴的卵石，睡在流水里。我不动不语，只感受着流水一样的分秒从我身边流过去，流过去，流……

不怕吗？

不怕。

怕也没用。时间它尽管浩荡地来，浩荡地去。我在台上，或在台下，都可以。不嘲笑年老貌丑者，因为有一天，我也会那样。也不羡慕年轻肤好者，因为曾经，我也那样。我相信，灵魂生生不灭，身体或容貌只是暂时借宿的庙宇。

在秋天，我能感受到自己的分量。穿过汹涌车流，经过晨气弥漫的水边，去上班，去做最卑微、最不值一提的事情，我依然觉得自己是真诚的，像乡间田埂上一株诚心诚意的高粱，穗子红了，叶子红了。

中午饭后洗碗，曾经是极厌恨的事情，现在已能从容对待。我会打开手机微信，播放散文朗诵，一边听文章，一边洗碗。一顿碗洗下来，厨房被侍弄得整洁清爽，内心也清平朗然，没有怨气。

喜欢无事的下午时光，在家里，一个人，享受忙中偶得的闲，享受寂静。窗外桂花在开，桂花在落，小贩子的吆喝声消失在深巷的尽头。我这里，真是江山辽阔啊，我是这下午时光里的君王。饱睡之后，清水洗脸，不施妆，不打电话，不外出。打开电脑，听一段古琴，听《渔樵问答》。舒缓的古音，像老友秋后重逢，一起手挽手走在暮色晚风里，一路三句两句，情怀悠远而节制。

周末出城，回小镇的老家。在秋天，柏油路两边的杨树叶子渐稀渐薄，泛着油画里的明黄色。它们偶尔从车窗边掠过，一片，两片，飒飒有古意。这些叶子，也是秋风里归家，和我一样。我们都没有忧伤，觉得这是生命里一个必然要经过的情节——长大了，站到高处看过了天空与流云，然后悄悄落下来，把高枝让给来年的新叶子。谦让和低调，这是中年岁月应有的情怀。

喜欢在回家的路上看远处的田野。秋天的田野，金色，棕黄色，白色，老绿，赭黑，色彩纷繁而饱满。每一种色彩看去，都厚实得有王侯将相的贵气与大气。春天太媚了，太讨巧了，只有秋天，有这样浩浩的王者之气，是苦难里翻身出来的王气。

晚上散步，沿着护城河沐风而行，水汽和路灯的淡光扑面，皆有凉意。我走在桥上，看月亮，月亮半悬在桥东，好瘦，好清澄，有着中年人难得的清癯和默然。

去医院体检的时候，眼科医生看着我的眼睛说："哦，你眼睛好亮！"

我说那是清澈。

眼睛清澈。灵魂清澈。生命清澈。

我一直试图以退步的方式在时间里深入，保持初心，至简至朴，努力做到内心的通融自在，可透清风。

在纷纭世界，我只想做一颗秋天的露水珠子。我卧在时间的掌心上，透明地滚动，直到有一天，透明地消失，不求有痕迹。

秋夜读书，是人间至境。捻起书页的那刻，身心安妥如云落春水，又轻盈，又泱泱涣涣无边际。愿意余生就这样了，隐居在书香墨香里。窗外秋露湿阶，寒蛩渐唱渐歇，对面楼房里勤学的灯火也已熄灭，偌大一个寒凉秋夜就是我的了。

我执卷侧卧在这清凉阒寂的夜气里，听着墙上的挂钟滴嗒滴嗒地走针，知道自己正衰老着，即使抱守书本也抵不住时间兵临城下，摧枯拉朽。我还要继续深深地老下去，像深山古庙门前的那棵乌桕树，一身霜红地落寞着。

我与时间就这样且战且退，我曾经的激情会像木炭燃烧，渐烧渐成灰烬，我还会与一些至交亲友在时间里渐渐离散，淡忘，永不再见……就像白露为霜，就像风起叶落。生命是疼的，且以阅读来缓解吧，读书，也读人世。

在秋夜，我遥看自己的江河岁月，也是秋将尽。明日，更大的萧瑟笼罩大地，更深的修行进驻内心。

沙家浜的芦苇

《诗经》里写芦苇，写得风雅婉约。

"蒹葭苍苍，白露为霜。所谓伊人，在水一方。"想象着那画面：满河满溪的芦苇，青碧茫茫，绿叶上的露水已经凝成了薄霜，秋色渐深，晨气微凉得叫人忧伤。那个美好的女子，还在秋水的那一边呀，一春一夏的时光汤汤过去，都还未能抵达她的身旁，唯有一片浩瀚的深秋芦苇渲染成了一场相思的薄凉底色。

其实，不是芦苇有那么风雅，那么儿女情长，而是我们的先民风雅。他们的生活和情感，浪漫得让后人嫉恨，即使忧伤，也忧伤得那么婆娑有姿。即便是一段幽暗的情怀，也能被那些草木衬得生出明丽的绿光来。来到了沙家浜，来到了阿庆嫂的茶馆里，隔窗看那些芦苇，就全然是另一种气象了。

沙家浜的芦苇,大气磅礴,莽莽苍苍,是大手笔、大写意,是千军万马奔腾的绿。

芦苇在水里,芦苇在岸上,芦苇在湖中的岛上,芦苇在林荫小道的两旁。凭依木桥,放眼望,湖水泱泱,满目是五月的浓碧,不知道是芦苇将湖水揽在了臂弯里,还是湖水拥芦苇在怀里。这真是芦苇的部落!

正是初夏。看花花已落,赏果果未成,这样的寥落时节,却是芦苇最好的时候。在沙家浜,在芦苇最好的年华里赶来与它相遇,这是幸事。它们亭亭如修竹,俊逸如世外雅士。微微摇曳的叶子像绿色修长的手臂,轻轻抚摩白色的飞鸟、狭长的流云和青灰的天空。它们又和飞鸟流云以及天空融在一起,融成了水底琥珀一般的倒影。我们在芦苇丛里穿越,拂面的是芦苇的风,呼吸的是芦苇赠予的空气,夹杂着浓郁草本植物气息的空气,一时间忘了路途失了方向,却也闲闲淡淡地不着急。沙家浜半日,怎么想,都觉着过得奢侈。

帕斯卡尔说:"人只不过是一根芦苇,是自然界最脆弱的东西……"这里以芦苇为喻,突出人之脆弱,可见芦苇也是脆弱的。我想,就某根芦苇个体来说,确实脆弱,即便长到竹木的高度,可触摸天空,到底还是一根苇草,逃不掉草本植物的难禁风霜的命运。

但沙家浜的芦苇又是顽强的。千万根芦苇在水泊,那就是敢于改天换地的英雄好汉啊!狂风经过,芦苇在水面掀起汹涌绿浪;风雨之后,芦苇们又一根根挺起笔直的脊梁。即使被砍伐,被火烧,来年春风一唤,一根根还是从泥土之下举起尖尖的绿戟。

京剧《沙家浜》里,那位敏锐机智又勇敢的阿庆嫂,就是借一片茂盛的芦苇荡掩护了新四军。谁会想到,这样清水绿芦的好地方,竟是与敌斗智斗勇的战场!那些临水生长的一根根苇草,在血雨腥风的年代,都生了胆气与豪气,成了一个个杀敌除寇守卫家园的战士。

是啊,一根芦苇是渺小脆弱的,千万根芦苇站在一起,就布起了阵势,就有了战斗的力量。千万根芦苇密密生长,就长成了芦苇的海,就见出了蓬勃的生命大气象,就见出了永摧不折的民族大精神。沙家浜的芦苇,书写的不是《诗经》里小儿女的小情调,而是一种关乎民族大义的大境界。

个体融入群体,水珠融入大海,才会焕发永不消亡的生命力。在面对着眼前那一片苍茫无边的芦苇之海时,我想,生命短促如朝露,也许唯有将倏忽之间的生命融入一桩热爱的事业中去,孜孜不倦,全力以赴,生命才会呈现一种恒久而辽阔的魅力。

在沙家浜，真想做一根葱碧无花的五月芦苇，亭亭而立，静静生长。至于此后的荣枯与浮沉，就交给江湖上的风雨和日月来安排吧。

山有桂子

桂花细细碎碎地开，最日常，最民间。像日子，无惊无澜的日子。

一年一见。见时花开纷纷，小朵小朵，絮絮叨叨的样子。挤着，花梗处，叶子荫下，一点不张扬。老老实实过日子的姿态。

《诗经》里有男女互赠香草，赠芍药，赠白茅，赠红管草，但没见人家赠桂花。我觉得桂花真值得一赠啊，在那样的草木年代，赠一枝，一个村子都沉在香气袅绕中了。现在的那些送花时节，送玫瑰，送百合，也不送桂花。

桂花似乎太烟火，最适合被爱情遗忘的中年女人。院子里栽一棵，没有妖娆的颜色，但是香气熏染日子，熏得有一种很结实的甜蜜。

每年桂花盛开时节，我都会小病缠绵一场。但，即使病中，也会去采桂花，回来制桂花糖。

一手托一只小篮，一手从枝梗上将，小半天才收获半篮。小半篮的花就够了，看它们卧在篮子里，软软的，凉凉的，像恋爱过后有些寂然的心。回来清水里漂几趟，滤掉生水，拌糖。一层一层的白糖，白白的水润的花瓣，渐渐失了颜色，皱了。一钵的桂花糖啊，花已经成了食物，换了身份，被实实装进密封的坛子里。

隆冬煮鱼，开了坛子，舀出一勺桂花汤，白气迷蒙中，转身插进突突冒泡的鱼锅里。中午，一盘红汪汪的红烧鱼端上来，筷子蘸汤，舔上一口，桂花的香，都在。这是桂花呀，想想，觉得太隆重，太奢侈。可是，桂花浮在鱼汤里，不言不语。

诸花之中，大约只有桂花，和吃贴得这样近，和烟火贴得这样近。除了桂花糖，还有桂花糕、桂花饼。中秋吃月饼，最喜那饼馅里一粒一粒的桂花，尘芥一般，丫鬟一般。

还有桂花茶，沸水冲泡，一粒一粒的小花在水里乱纷纷地逃逸，然后浮上来，在水面上铺成一片，眉头紧锁似的不情不愿。可是，半个时辰后，揭杯盖窥一眼，它们一粒一粒，相继缓缓沉下去，禅坐在杯底。好像一群怀抱理想的女子，在茫然与不甘之后，在对抗与疼痛之后，最后与生活达成和解，平和下来，淡然下来。理想还在，化作了一脉袅袅的茶香，各自咀嚼，各自回味。

冰糖桂花藕，是冬日里的最爱。想想就觉得温暖，仿佛外婆的怀抱，装着绵长旧事的怀抱。冬日进城，路过东门，总会在那条巷子口买一截桂花藕，枣红枣红的，还拖着细长的糯米汁。寒风里，趁热啃上一两口，香香的，甜甜的，面面的，倏然觉得尘世仁厚可亲。

可是，桂花骨子里到底是有远意的。山中桂子，在我们看不见的僻静清幽处，兀自情怀落落。

读王维的《鸟鸣涧》："人闲桂花落，夜静春山空。月出惊山鸟，时鸣春涧中。"每读一回，心上便起了雾似的空茫一片。月色素白，朗照深山，在那重重叠叠的深山里，有桂子在寥落地开，寥落地败。

那多像一个寂寞的灵魂。或者是那些在烟火深处打滚的桂花的灵魂，在午夜时分，在晚风经过的刹那，逸出了自己的身体，清凉地开落在山间，开落在露水里。我想，那更像是一个女子，有着古典的情结，她一边三头六臂地应付世俗日常，过着跟所有寻常主妇一样的烟火日子。她是桂花糖、桂花饼、桂花藕。一边，她隐藏自己，躲在书页笔墨之后,躲在清风明月淡花之后,过自己清凉的灵魂生活。在浑浊滞重的世俗对面,她是清凉落寞的山中桂子,遗世独立,独自花落,独自享受这无边的浩茫与静谧。

允许有这样一类女子存在。她们陷身烟火深处,又时时在内心举行庄严的仪式,供奉灵魂。她们时常放纵自己去悲欣交集,放纵另一个自己,去做山中月色里一树零落的桂子,枝叶萧疏,香气淡远。

日子繁茂,内心有一角,秋风萧萧。我知道,远方的月下,远方的山里,有桂子,静静、静静地,零落。

石头吟

我对石头极有情。

这情,是前世今生的缘分里,穿过尘烟滚滚的人世忽然相望,蓦然懂得的情。

曾经一个夏日,我在巢湖艺术馆一楼的"奇石馆"里,见到了一些各具情态的灵璧石和古生物化石。甚至"奇石馆"里陈列的泥土烧制的旧朝瓷器,端立架上,我也当它们是石头,它们与石头原本也是有着前尘过往的血缘啊。

立大厅里,一步一迟疑,在那些青色的灵璧石前,分明看见这一块块石头在演绎着一幕幕人世的热闹啊。那一块长条形灵璧石瘦削玲珑,宛如貂婵拜月,自是秀逸风流。那一块低矮朴拙的灵璧石横躺在托盘里,好似雌雄连体，俯仰相对，演一出凤求凰的好戏。那一块如樵夫砍柴，带着《诗经》年代的风雅；那一块是佛祖端坐高堂，举目看红尘，度众生……更有一块七音石，拿手指弹一弹，弹在不同的位置，会产生不同音高的声音。那声音清越明净，袅袅的，如夜半檐下的雨珠儿滴在窗前的芭蕉上，一粒粒的音符里都透着清气，又似暮春的晚风拂着闲置在高楼窗口的古筝弦上，四隅皆在这乐音里微波似的漾。弹在前面，那音巍巍如高山，弹在侧面，那音潺潺如低处的流水，古来英雄皆寂寞，这一块七音石，自己是自己的知音。

这厢是尘世欢，那厢是沧海苦。面对玻璃里陈列的那些古生物化石，总让人不禁生起沧海桑田千古悠悠的怨叹。

我驻足在一块小鱼化石前，看它，小巧的，安静的，呈灰白色，依然保持着完整的小鱼的模样。仿佛那天，灾难来临的那一刻，它和它的妈妈正在一处浅水湾里晒初春的太阳。我看着这一块小鱼化石，看它在千万年后人类制造的白色灯光里，依然那样充满稚气和天真，像个听话的小学生，坐在新开学的课堂上，那么安静……我眼底潮湿，恍惚千万年前，我是那小鱼妈妈，灾难面前，我与它失散，现在它以石头的形式呈现，但，依然是我惦记的孩子。旁边，还有一片硕大的海底植物叶子的化石，又叫人生起家园之念，多少年前，这一片叶子，该是我和我的小鱼家门前长出来的吧。

立在这空旷又似乎拥挤的大厅里，我多么想做一块石头，可是环顾四周，仿佛我已然是一块石头，在时间的旷野上，以无声和这些石头相认，它们，是我的父母孩子，姐妹兄弟，朋友与乡邻。

是的，我的前世一定是石头，然后风化成尘埃，飘在空气里，流到江河里，沉淀在泥土里，分解到庄稼的茎叶与果实里，然后到母亲的血液与子宫里。其间，一走亿万年。

还有那架上的青花瓷，和我一样，一定也是石头的孩子。它是某一块石头风化成泥土，然后被一双艺术的手塑形、描画，再捧进窑里烈火焚烧，然后成为瓷器，和另一些石头隔岁月相望，如我此刻。

在"奇石馆"，在这一座石头的城堡里，我和那些灵璧石、那些古生物化石、那些旧年的瓷器在一起。我在这些石头的呼吸里将自己还原成一粒尘埃，来膜拜石头里的英雄，走访石头里的初民。我以石头子民的身份看这些石头里的故事，也是有童话，有苦难，有人间烟火的琐碎与艰辛，有英雄佳人的传奇与浪漫……

那一个夏日的午后,当我神思缥缈地步出"奇石馆",站在大门前的图腾柱下,目光越过健康路与世纪大道,看见夏日阳光金子一样镀着这城市的千门万户,只觉得自己,恍然又是一世。

桐花如常

不喜欢桐花多年。

觉得它肥俗，香气浓烈到撞人。落花时，样子邋遢。

在我们江北，谷雨之后，桐花最盛。

少年时居住的老宅西边，有一棵桐树，是白桐，也叫泡桐，粗壮，高大，枝叶覆满头顶天空，指手画脚。我放学回家，穿过开着无边无际紫云英的田野，老远看见我家屋西的桐花，白发苍苍地开上云天。桐花下，炊烟升起，猜想母亲一定正手忙脚乱地做饭。桐花粉紫色。浅浅的粉紫，隔着春暮的天光烟霭看去，竟像是颜料在水里化掉了，化成一团不干不净的灰白色。这样的灰白色，是薄凉的，像日子，不过节也不做喜事的乡下日子。寻常的日子。

有一回，朋友跟我描述她在乡间看到的桐花有多美，我心里想笑。桐花能有多美？匆匆一见，如旅途上的艳遇，不负责洗臭袜子，也不用油污满身地下厨房，没熬过漫长的相看生厌的时光，那情感自然是轻吐芬芳。

我想起从前我家的那棵桐树，春暮的雨愁愁长长地下，屋外的墙角处，腐烂的树根边，都生了一簇簇的野蘑菇，肥厚的桐花花瓣铿然坠落，砸在滑腻的湿地上，混进潮腥的野蘑菇丛里，然后一起腐烂。空气里，桐花的味道又湿又重，缠绕不散，像玄奥难解的命运。夏天，算命先生坐在村口的桐树荫下，一卦一卦地算。他说人在命运里走，也逃不掉。命运如网，缠绕不散。

母亲喜欢请人算命，给家里每个人都算。一回是抽牌，母亲让我抽，我抽出一张，展开看，是一个女子，骑一匹白马，又矫健又威风。图边说的是什么，已经不记得。只记得，我是喜欢那匹马的。其实我也想骑上那匹马，逃。逃离乡村，逃离我妈妈、我奶奶那样的生活和命运。我不想自己就像一朵桐花，开得那样粗陋，那样没有花的样子。花的样子应该是轻盈的，鲜丽的，香气袅袅像细细的柳丝，或者像下下停停的春暮的细雨。

如果做花，我不想做一朵桐花。

像逃离一场指腹为婚的旧式婚姻一样，我试图以自己的不甘和倔强来逃离古旧乡村，逃离古旧的生活方式。我追随理想，试图走一条和别人不一样的路。出门读书，风花雪月地写席慕蓉体的情诗……我以为我成功逃离。

暮春的一个黄昏，散步，路过一户人家的院前，竟是久久流连不去。那是极普通的一户农家，两层半旧的小楼，门前用竹篱笆围出一小块菜园，里面种瓜种豆。房子东边，立一株高大桐树，紫色的桐花累累簇簇盛开，远看去，花开灼灼，如蒸如煮，花气熏天。房子无人，静悄悄锁了门，只有那一树桐花火辣辣地开，繁花照眼明，也庇护着小楼和院子。

一块园，一树花，一户人家。静谧，安稳，寻常。寻常中透着人间烟火的亲切，和盈盈的美意。

桐花到底还是美的！

回想少年时：偌大的桐花荫下，坐着三小间覆有青灰瓦片的房子，我踩着满地的潮湿桐花去上学。那画面，隔着二三十年的光阴，现在回头看去，才看出了一种人间的简静与清美。

寻常朴素的物事中所包含的美，要过完小半生，才能懂得。就像过完小半生，才懂得，平常心的可贵。

我在单位大院里开荒种菜，种没有农药没有生长激素的蔬菜。十指纤纤，不弄墨，弄泥土：希望儿子在我身边成长的年月里，可以吃到最健康的菜；是想，安慰自己初进中年渐生的求田问舍之心。

一次跟文友交谈，说起种菜，说起农事。他说他从前什么样的农活都干过，每年割稻子，最后一镰，他会割在自己手上，提醒自己逃离。我听了，内心有急雨经过，一阵潮湿。是的，我们曾经都是逃离者。可是，如今我们说起油菜花，说起三四月的秧田，内心止不住地觉得亲切；看见庄稼，总觉是如遇故人。回头看人生，还是认同挖一口塘种几亩地生养两个孩子的日子，是庄严安稳的。

寻常是美，朴素是美，这样的美，又极庄严。

原来一直不曾逃离：对抗了小半生，最后，还是喜欢桐花。逃了小半生，最后还是愿意俯身低眉，做一个母亲和妻子，做得不需要名字。

如果是花，自己还是一树桐花。在尘世之间，一花，一园，一人家。

桐花如常。一切如常。

萧萧白杨

看白杨，在西北。

第一次见白杨，是在新疆。车窗外，远远看去，肃肃一排绿树，挺拔，干净。

白杨树大约是我见过的，生长得最专注的树了。树干挺拔向上，像毛笔的中锋，笔直指向天空。于是，那些枝枝叶叶们仿佛都有了方向，一起喊着号子似的，挤着挨着，几乎垂直地把枝丫也伸向云朵。在那些枝丫里，没有一个是逃兵，哪怕一点点的异心，它们都没有。看着那些统一步调的枝丫，在主干的统领下，向上，向同一个方向，会让人心底涌起"忠诚"二字。

和白杨相比，感觉南方的树木是娇生惯养生长出来的。南方有佳木，这些佳木们枝叶蓊郁，八方伸展，一副柔媚多情的姿态。而白杨呢，白杨有纪律。它大约是乔木中的君子，行坐端庄，乃至庄严，委实是穆穆君子风。

以前读《古诗十九首》时，读到"白杨多悲风，萧萧愁杀人"，我以为白杨秋风是一幅仓皇晦暗的画面。大约是，长空寥廓，衰草连天，白杨树破败潦倒，像个行脚僧一样，背影模糊在黄沙连天之间。

《古诗十九首》里还有："白杨何萧萧，松柏夹广路。下有陈死人，杳杳即长暮。"萧索沉寂悲凉的气氛，让人像是被冷风猛灌一口，凉到心窝，到脚底。"白杨何萧萧"，"萧萧"是白杨在风里落叶的声音——长风浩荡，秋色肃杀，和落叶一起沉寂于大地的，还有永不复返的生命。生命的归宿，就是沉寂于永远的黑夜。

《古诗十九首》里，白杨就这么萧条冷落，似乎一直在很悲剧地落叶子。

后来做中学语文老师，给学生上《白杨礼赞》，依旧将信将疑，以为作者是怀着主观的偏见，生生把晦暗苍凉的白杨给提亮了。直到自己亲眼看见白杨，才惊觉白杨原来不那么萧索。

在新疆，在秋日朗照的天空下，看到水渠边的一排白杨树，我竟然也和二十世纪四十年代初的茅盾先生一样，惊奇地叫了一声。

白杨实在英挺,是纤尘不染的那种英挺伟岸。

走在新疆的土地上,常常会为一排两排的白杨驻足。我欣赏白杨,像欣赏一个风姿洒然的男子,雄姿英发,羽扇纶巾。

二十多年前,中师入学时军训,跟着教官在九月的大太阳底下唱《小白杨》,对歌词没感觉,没有慷慨地放开喉咙,只是跟在众人后面哼着旋律,也许因为那时对白杨陌生。到了新疆,才深深地感受到白杨的气质值得一再歌唱。

"微风吹,吹得绿叶沙沙响,太阳照得绿叶闪银光。"

风吹白杨,万叶翻动,铿然有声,是不是叶稀的原因,也未可知。西北地区的树木和南方相比,还有一特点,就是叶子要稀一点。那样的叶子间隙里,风可以敞开膀子穿过去。不像南方的树,叶子太密太厚,永远是荷尔蒙旺盛的青春期,风一吹,声音模糊得没有重点。有一位新疆作家,抱怨南方草木蓊郁的景致,说树们太密了,视线透不过去,让人看了生生压抑。

到西北,看了风日里飒然高挺的白杨,会觉得那位新疆作家的抱怨真是有理。

在新疆,在白杨树林里漫步,会觉得自己整个人被打开了。从视野到心胸，都有一种豁然开朗的明亮。那一棵棵白杨，整整齐齐地立在路边，立在宅院前后，立在葡萄园旁边，那般忠诚。可是，树与树之间，又是疏朗的，没有杂乱树枝彼此缠绕相扰。每一棵树，都那么独立。因为独立，彼此之间就有了空间，就可以让风穿过去，让阳光穿过去，让视线穿过去。

因为叶稀，所以叶子和叶子之间，不那么相互倾轧，彼此都能完整地承载阳光照拂。站在树下，仰视树顶，每一片叶子都像是纯银锤出来的，在阳光下闪着结实的光芒。

还有那白色树干，光滑笔挺，有一种绅士式的洁净。

南方的湖滩上、江堤下，也有杨树，那是意杨，属于引进的物种。意杨生长快，颇具经济价值，所以在南方广为种植。和白杨相比，意杨是俗气的，格调不够。怎么说呢，意杨不仅树干的颜色要浑浊一些，枝丫伸展也无章法，就是一副嘻嘻哈哈张牙舞爪的模样，不懂规矩。

只有白杨，像是从古代走来的，举手投足，一颦一笑，都有分寸，都有来历。

我喜欢白杨，喜欢它的这种自律、干净、疏朗与简洁。它就像人群里难得一遇的谦谦君子，儒雅，低调，谦和，懂得节制欲望和情绪，与攘攘尘世总是保持一段距离，可是又是有力量的。我站在白杨下，听风吹白杨，感觉像是站在欧洲的百年老教堂里，听虔诚教徒唱诵赞美诗。

白杨入画。但不是中国水墨，而是西洋油画。

中国水墨阴湿了一点，幽暗了一点，而白杨是明朗的。白杨在西北无边无际的阳光下，被照耀得通体明亮气宇轩昂，白杨翠绿的叶子和纯白的树干色彩饱和度强。西洋油画，用色饱满，适宜画白杨。白杨在油画框里，用枝干和茂盛的叶子，来表达阳光醇厚，表达天空高远，表达草地生机。

如果说树是鸟的房子，那么，南方的鸟儿住的是"庭院深深深几许"的江南深宅，西北的鸟儿住的是轩敞明亮的北方楼阁。这样，一处的鸟儿爱低眉，爱独自沉吟；一处的鸟儿爱唱歌，爱呼朋引伴。

站在白杨林里，你看见的是林子的辽阔，是天空的辽阔。

去交河故城时，我在吐鲁番的一条水泥路边停了车子，特意下车，亲手抚摸了一棵白杨，心里轻声问道：白杨，你好！

交河故城是唐朝的安西都护府遗址，地址在吐鲁番。安西都护府是唐代西域的最高军政机构，首任都护是乔师望,他是唐朝将领,唐高祖的女儿庐陵公主的驸马。后来,接乔师望都护之职的是郭孝恪,郭孝恪击败龟兹国后,把安西都护府从交河城迁到了龟兹,即今天的新疆库车县。此后,安西都护府在唐蕃战火中几失几守,最后府衙在龟兹基本稳定下来。

王维有首诗叫《渭城曲》,也叫《送元二使安西》:"渭城朝雨浥轻尘,客舍青青柳色新。劝君更尽一杯酒,西出阳关无故人。"王维诗里的安西,已经是位于龟兹的安西都护府了。

在唐代,从长安望向安西都护府,那是山长水阔,黄沙漫天。我想,每一个被朝廷派遣去往安西都护府的文武官员,在出塞之后,远远看见的一树绿色,一定是蔚然耸立在西域大地的白杨了吧。

那些远赴西北镇守边塞的文武官员,那些从长安出发、迢迢行走在丝绸之路上的商贾,那些鞍马风尘夜夜望乡的中原士兵,一定在不遇故人的孤独中,用白杨的葱茏喂养着乡思和希望。

"将军角弓不得控,都护铁衣冷难着。瀚海阑干百丈冰,愁云惨淡万里凝。"边塞诗人岑参在《白雪歌送武判官归京》里,写出了边地苦寒却也雄奇的大观。那时,岑参第二次出塞,怀着建功立业的志向,来到安西北庭节度使封常清幕下任判官。新的守边人来了，老的守边人回去，一拨拨人马轮换，用人之颠沛换国之长安。岑参来给他的前任武判官送行，"轮台东门送君去，去时雪满天山路"。那时，西北的白杨一定落光了叶子，在漫天风雪中伫立成千树万树梨花开的样子。

当春天来临，交河故城的城墙下桃花盛开，一千多年前的春天，白杨也在春风里萌发新叶。我想，那些一拨拨来过西北、驻守过西北、穿越过古丝绸之路的人们，是否于深深孤独中，慢慢就散发出白杨的气质？

如果有白杨，又何惧大地空旷！

晓　色

喜欢早晨。

晨起时，一个人走在楼下，晓风轻拂，裙袂之间似乎都生起了仙气。有时树边小立，透过静寂树荫，看天，看那种纯净的月白色，慢慢被橘红的朝阳晕染。看了，会踌躇满志，会觉得时光里有可期待的热烈与绚丽。

一天，就这样开始了。

我喜欢开始，喜欢出发。所以，喜欢清晨，喜欢做一个在晨光里赶路的人。

清晨的露珠，仿佛从大地母亲的怀里挣脱，调皮地悬坠于叶尖，又不堕凡尘。合欢，香樟，玉兰，还有梅树与桂树，所有的树木都散发母性，捧着满怀的露珠，在晨气里默然。

还记得童年时,被父母亲催着早起,背着书包去上学。在乡村的透迤小路上,我的头发上会落满露珠,脚丫子也被露水濡湿。邻家的篱笆上,朝颜花的藤蔓深情缠绕,上面探出一朵朵半开的紫红花儿,我伸手一拍,露水泼泼洒洒。指尖上,衣袖上,都是露水的清凉。

早晨总是新的。

即使是秋天,晨光晓色也都是新的。你瞧,昨天的草色老绿,今晨的草,已经泛黄。今天的秋草黄了,到明晨,大约已是霜红。

楼下一株紫薇,花期漫长,初夏就开,做喜事一般,灯烛高悬地开到深秋。每天清晨路过,我伸出指尖碰碰,又是一朵朵新花,在露水里端然开放。开旧的那些花儿,什么时候凋谢,我全然不知。我以为这株紫薇,从初夏到深秋,一直都是芳华灼灼,是永远的十八岁。因为一直开放,以至于让人忽略了它其实也在凋谢着。

我想,作为一棵花树,能对抗凋谢命运的,就是不断开花吧。

回头看自己,写着写着,一路悠悠荡荡,竟然也写了有十年之多。

漫长吗?

十年,足以让几竿修竹蔓延成一片葱郁竹林,足以让一段熔岩喷发的爱情冷却成无人问津的月夜山岭。十年，蒲公英的种子在风里，已经传播了十代。十年，江河在大气循环里轮转了无数回，从流水，到云朵，到雪花……又成为江河。

十年，我在街角遇到过多少陌生人？在深夜，将谁忘记了又想起，后来又渐渐忘记？

十年，时间的洪流，要淘尽多少人情物事？

可是，我一直在这里，在书页之间，安营扎寨。最深情，还是在书写里。在书写里，我像一个沐着晨风独行的人。许多话都不说了，一说就俗，唯愿这样一直在文字里独行下去。

这样的独行，似乎也是一种对抗。对抗时间，对抗庸常。

就像楼下的那株紫薇对抗凋零一样，在晓色里。文字，也予我一片晓色天地，宁静，空阔，我可以浮想万千。

我不要做日暮灯火，即使璀璨，即使奢华。

我要做晓色里远行的人，路漫漫最好，我可以不断地出发。

月亮堂堂

月到中秋,分外清白而圆润,挂在蓝汪汪的远天上,像豆芽缸里刚捞上来一样,又白又胖。

记忆中,每每这时候,我奶奶站在门旁,对着浩瀚的天空里那一轮皓月,很抒情地叹道:"月亮——堂堂哦!"于是奶奶掇条长凳放在门前的场地上,她坐在一片奶白色的月光里,周身晕染一层绒绒的白光,像莲花上的观音。

我喜欢奶奶说的那"月亮堂堂"四个字,多年后再在嘴边咀嚼,只觉得有一片浩茫而澄澈的月光,那样广大无边地覆下来,人世乾坤,堂堂中正。就连月色里夜游的飞蛾与蚂蚁,都能在这蛋清样的月夜里,觉出尘世的清明与平和,还有悄悄的说不出的欢欣与满足。

月亮堂堂的夜晚，奶奶喜欢坐在门前的石阶上剥豆。豆是种在田埂上的豆，或者无人耕种的河畈上，豆荚个个长得肚大腰圆，得意满满。黄昏时，奶奶从河畈或田埂上背一大捆豆秆回家，堆在场地上或者屋檐下。晚饭吃过，吹了油灯，只见月光无限慷慨地洒下来，粉粉地铺在门前的石阶上。奶奶坐在那月色里剥起豆来，安静无声的。只是过那么一会儿，扔了一棵已剥完的豆秆，再抽出另一棵，如此往返，不缓不急。没有什么会惊扰得她停下，也没有什么会催着她赶紧，剥豆的奶奶和月光一起构成一幅人间的画，安详而明朗——是月光，把一个乡间老妪最普通的劳动，注解成人间美丽的图画。

有一年仲秋时节的夜里，是下半夜，口渴了，爬起来到厨房找水喝，趿着一双凉软的布鞋，蒙蒙眬眬到得厨房，立时惊呆了——好一片月色！那一片仲秋后半夜的月光，透过厨房窗子上的玻璃纸，满满覆在锅灶上，满得要溢出来，分外地明净与纯正。厨房也仿佛被这一大块月光清洗了一样，锅铲子亮得灼眼，平日里黑黝黝的松木锅盖，这一刻显得那样洁净与沉静，横躺在锅沿上，竟像入了禅。厨房里，没有月光的地方，还是一片潮润润的幽暗，幽暗的水缸底下，蛐蛐儿叫得正欢，那唧唧虫声虽在暗处，却也有月光的清明与澄澈。我提起瓢子舀了半瓢水，水里也晃动着一小块光亮，我欢喜地把水喝下，连同那一小块晃动的光亮，只觉得自己也通体透明而洁净。那一个后半夜里，我身体的这个小宇宙，角角落落，都得了月光朗照，白日里的不快，人前藏不住的慌乱与卑微，都在这月光里消融不见。

我忍不住开了门，走到屋外去，四隅一片沉静，我走在一片清凉的月色与清亮的虫声里，只觉得如步莲花上。隔壁人家的房顶，远处黛色的田野，都笼在一片乳白色里，月如霜啊，千里万里，无边无际。抬头看中天，星辰如贝壳躺在沙滩上，银河浩荡，伴同西边那皎皎一轮，十万光明就这样洒下人间，却又这样无声无息。我心里有无边的欢喜和宁静，可是说不出来，仿佛置身在一个充满爱与安宁的美好世界里，一个幸福可以绵延到地老天荒的童话里。

月亮堂堂的夜晚，生活与尘世，在一个女子的眼里和心里，是这样一点点美好安稳起来，以至于可亲可信。

择一座小镇慢慢地老

老了,像刀剑入鞘一样,回到小镇。

年轻时,我们常常活得凌厉,披坚执锐,席卷人世,也许弄疼了世界,也弄伤了自己。老了,就择一座小镇,钝下来,静下来,慢慢地老。

老了,姿态是收的,像暮色轻笼之下的睡莲,一瓣一瓣地收回盛开的花瓣。拢起来,锁起来,还剩最后的这一脉余香,就留给自己了。

要选长江以南的一座小镇,买一座半旧的宅子,推窗可见远的近的山,云霭缭绕其间。要好好喂一喂我的视觉,在一座寂静的小镇。头一桩是看看蓝色的天,看看蓝天之下放牧的白云,是旧时的蓝天旧时的云朵。就躺在自己的院子里看,躺在老藤椅上看。江南的云走得慢,刚好合上这渐渐慢下来的话语,慢下来的步态,慢下来的生活节奏。

春夜雨潺潺,翌日的山前山后,雨水欢唱。多少年没这样真切地听听水声了呀!水从自家门前过,蛙鸣虫鸣就在屋檐下窗台下,这样的日子有唐诗的禅意,明朗而轻灵的禅意。小院门半掩,雨后执伞出门去,访幽幽深山,访莽莽林木,访溪畔的新草,访汀洲上的野禽……今后,与它们为友。

在那样僻静的小镇,去商店,去邮局,去菜市场,都是步行。在街头边的老茶馆里喝茶,粗瓷壶泡出来的粗茶,琥珀色的液体诚心实意地倒映着自己微霜的鬓。人不嫌茶,茶也不嫌人。一边呷茶,一边看邻桌的老者走着车马炮。就这样,一上午过去,一下午过去,时间无涯一般接纳着正老着的自己。

养上一两只懒猫,或者养上一条不取名字的土狗。让它们陪着自己在院子里读书,在春日花荫下打盹。在院子里养几盆花几盆草,在溪涧边的荒地上种点菜蔬种点梨桃。

风起的时候,闭户围炉,听听戏,听听诗朗诵,时光就这样千回百转地深情起来,心头湿润潮起,独自感动不言。

春日迟迟，跟着新识的邻人上山采茶去，采回来，学着制，制成茶叶供自己。跟着这些朴实的邻居一道迎送季节轮回，春天去河边钓鱼，夏天去采莲采菱，秋天去看秋波澹澹木叶下，冬天去看下雪。

如果能选择这样一座小镇去迎接自己的衰老，那么衰老也是一件欢喜可待的事情。那时，我大约也是不穿旗袍了，不穿高跟鞋了，它们都太冷眼挑人。我穿平底的棉布鞋，穿宽大飘逸的棉麻衣裙，悄然走在小镇的石板路上。沾着湿漉漉的露水，去看邻家竹篱下的菊花盛开。或者踏着薄霜，去古井边折梅回来，养在细颈的白瓷瓶子里，一室的幽香。那时，想必会更爱这些经过风霜的花木。

那时，也一定不化妆了吧，素颜对镜，无惧皱纹在脸上寸寸潮起。有一座苍老古旧的小镇做底子，再怎么老，都像水墨画里的一朵浅色杏花，透着清凉的芬芳。

择一座这样的小镇，再这样缓慢而淡然地老去，这个世界像是我的，又不像是我的。这个世界离我远了，与我没有什么关联了，因为我有小镇。

当我老时，亲爱的，你若来看我，必要渡一片浩茫空蒙的江水，因为我在深深的江南，在江南深深的小镇，这样缓慢而饶有深意地老着。

第二辑

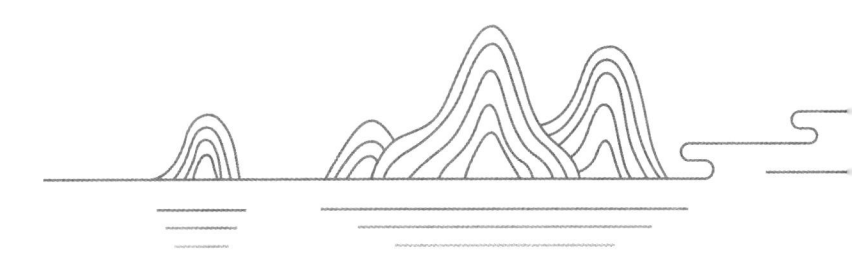

江水微茫

吵醒一只蜜蜂

它胖得像祖母,圆硕的半截身子在墙洞里半隐半现。它是独居的。乡下的冬春墙洞里,多的是这些独居蛰伏的蜜蜂。我用手指长的小细树枝伸进豆大的墙洞去,拨它。它嗡嗡地哼着,仿佛睡觉被吵醒,愤愤地翻动滚圆柔软的身体——就是不起床。可是,我有的是耐心拨它出来。

春日这样长,阳光米浆一样,从灰黑的屋瓦上摊下来,摊到泥墙和砖墙上,摊满门前的院子。母亲和伯母们在院子里的阳光下纳鞋底,织毛衣,奶奶侧卧在玻璃窗内的白棉帐子里静静午睡。我和弟弟、堂姐在屋檐下掏蜜蜂。

我拨动细枝,加快频率,仿佛赛龙舟时的木桨挥动,墙洞里的细尘翻飞在阳光的碎片里,简直像是浪花飞溅。

我拨动细枝，细枝尽头毛茸茸的木质纤维上，仿佛蘸满我的叫嚣——这叫嚣落在蜜蜂的背上、腹上、翅膀上。蜜蜂落进四面楚歌的境地了。它被我的细枝包围袭扰，它躺在墙洞里愈加不安，发丝般细黑的腿足缩起来，折叠在腹下的阴影里，只把身体努力团起来，全力抵抗着。

它不知道团成半球状的身体更容易被擒拿，我用细枝末端一勾一撬，它就连滚带爬狼狈地滚出墙洞——我掏出来一只肥胖的蜜蜂！它滚落进我掌心的玻璃瓶里，仰面躺在瓶底，茫然的，仿佛又愤又惧，挥舞着细腿细足。很快，它翻转身子，摸着了方向，踉跄似的振翅，在瓶里嗡嗡，四面八方撞击玻璃瓶壁。它撞一回，失败一回，大约鼻青脸肿了，它终于偃旗息鼓，趴在瓶底不动，仿佛在喘息。

它像祖母一样慵懒地睡着，硬是被我吵醒，无辜成为我的瓶中物，它一定又恼恨又不甘。它终于放弃挣扎，只身体贴着瓶底，随着瓶子的摇晃颠簸，像躺在甲板上一样滑来滑去，不情不愿地成为我们的玩伴，伴着玻璃瓶之外的我们消磨着长长的春日午后时光。

有时，我会旋开石青色的瓶盖，像是为它打开天窗。它愣了一会儿，它的翅膀似乎感知到风的流动，感知到阳光的照射，它又振翅了。盘旋着，肥胖的身子攀升到瓶口，就快要逃窜。我啪的一声赶紧盖下盖子，然后摇动玻璃瓶，摇晕它。它又瘫坐在瓶底了。我欢喜不尽，仿佛掌握一个宇宙一般掌握着它的命运，仿佛在对祖母做着恶作剧一般怀着窃喜。

我开瓶子、关瓶子，又开瓶子，又关瓶子——它精疲力竭，收拢双翅，贴着底部瓶壁，似乎在与我做着沉默的对视。它定住了，周身的灰黄绒毛在阳光下立着，一根根明亮且历历可数，它像个大半老的贵妇。我将菜叶子掐碎，撂几片进去，它侧侧身，踩几脚，似乎嗅到了菜叶的清气。它像被菜叶的气味唤醒，又开始展翅，却飞不高。它拖着展开的双翅，贴着瓶壁且行且停，它像是穿着黄黑条纹衣裤的祖母，腰间围裙展开飘摆，灶上灶下地忙碌。

午睡的祖母大约被我们吵醒了，她一边穿袄子，一边推开玻璃窗，嗔道："丫头小子们这样害，又去捉蜂子了！"

我看见微微肥胖的祖母自屋内缓缓步出，边走边系她的宽大围裙，我心上陡地惶恐惭愧。我转身小跑，找个墙洞，将精疲力竭的蜜蜂倒出来，胡乱塞进墙洞里。

风微微地吹，地上的树影子和人影子都长了。远处，许家塘对面的田野上，油菜正在起薹，红花草正在吐蕾。惊蛰到了。蜜蜂要忙了。

父亲的年

我记忆中的年,它是雕着俗艳图案的小船,撑篙的是父亲。

父亲的年里,对联是重头戏。

进到腊月,头一桩神圣的事情是请老姑爹爹来家里写对联。其实,父亲也能写,但他嫌自己的字不好,只敢写些鸡笼与猪圈的对联,人丁出入的门,总要贴上老姑爹爹的字才体面。之前,父亲早已经将红纸裁好,将墨汁倒进一只小碗或小碟子里,还将陈年的毛笔尖在温水里泡开。老姑爹爹摆开架势写时,父亲端详着看,还间以牵一牵纸角,怕未干的墨汁会在纸上流,私自篡改了字形。写好了的一张,父亲双手捧着,轻放在地上,几乎要行跪拜礼的样子。那个时候的父亲,多半在一个下着雨或者落着雪的午后，忽然间仿佛是书房里的童子，谦逊地侍奉着老姑爹爹写字。他敬重老姑爹爹的字，更敬重这一副副红灿灿的对联，大概他心里想要的如意与吉祥，都在这红纸黑字里寄托了吧。

写完对联，晚上照例是有一桌薄酒招待老姑爹爹的，而老姑爹爹的一桌酒话总逃不了前朝旧事，什么曹操在江北吃了败仗于是有了"无为"这个地名啦，什么朱元璋少年穷困给人放牛啦……父亲爱听，我也爱听。老姑爹爹的桌子前，酒杯深则故事长，酒杯浅则故事短，于是父亲频频起身给老姑爹爹斟酒。写对联的日子，之于父亲，近似节日，而这个节日，最后总要在老姑爹爹醉醺醺的故事中结束才算圆满。

最后是贴对联，放鞭炮，写了三百六十多天的长文，到了腊月三十才算是明明白白地点了题。三十这天，奶奶和妈妈，一个锅下一个锅上地忙，父亲上午擦洗门板上的旧对联与面糊，下午贴新对联。双扇门贴好不容易，父亲叫我和弟弟站在他身后一丈开外的地方看，"齐不齐啊？啊……右边高了？"父亲一连串地问。到底不放心，又从锅边叫来油汪汪的母亲，要她也来目测。仿佛对联贴得不像样，一年的日子怕也要不像样，所以父亲极其慎重。

除了对联这重头戏，父亲的年，还会插入其他一些小情节。

  裁对联剩下的红纸条，父亲一片也没扔，年夜饭前，全搬出来，门前的梨树，柿子树，桃树，门后的柳树，榆树，楮树，一一都拦腰斜贴一块红纸条，迎宾似的，远看，一片的喜气，父亲喜欢日子笼罩在这样一片茫茫的喜气里。有时，墙角堆放的农具，锄，锹，木锨……也会贴一块方方的红纸片。存米的坛，储稻子的仓，堆柴的披厦，也会在一方旧红纸片上再摁上一方新的。那些农具物什，仿佛一一被加盖红章，父亲眼里，它们伴同自己一起度过辛劳的日子，都是有功的，该要敬一敬。大年初一，牛屋里牵出的生产队的牛，两只黑镰刀似的牛角上，也各贴了一张小小的红纸片，那也是父亲贴的，弄得憨厚的老水牛像个蹩脚的媒婆，两弯羞涩的喜气。

  年三十的黄昏，父亲端一大盆温热的水，背大半筐上好的棉籽，去给生产队的牛置一桌除夕宴。回家后，再舀几大瓢汤，门前门后，开花结果的树和开花不结果的树，贫贱遭不屑的，尊贵受宠的，个个根边灌一点。他觉得，与我们贴近的这些植物们，也该过年喝一点汤，且是荤的汤。他与它们，饱暖两不弃。

  伺候好了牲畜和草木，父亲终于点燃一挂长长的鞭炮，烟雾与磷硝香里响亮地关上门。菜已上桌，我们围着父亲，开始过一个人间的年。头顶上的灯泡，也被蒙了一层红纸，我们刚穿的新衣服，和桌上五颜六色的菜，还有暗的墙壁和地下，都罩在一片红得毛茸茸的光里……

多少年后，我坐在除夕的灯影里，回想少年时候跟随父亲过的那些年，蓦然懂得，父亲，作为一个中国老式农民，他对日子，是从骨子里怀着敬重之心的，以至于对与日子贴近的那些草木、农具、牲畜，也同样敬重。年是他表达敬重的一个神圣的仪式。这让我感动。

夏　晚

夏天的傍晚，风舔过大泡桐那么高的江堤，就到了外婆的竹床上。

竹床上放着几样小咸菜，是咸豆角、腌雪里蕻、酱瓜。搪瓷的大脸盆里盛着白粥。小舅只比我大两岁，我们围着竹床追打着玩。外婆在端碗筷，三舅帮着端板凳椅子，大舅长兄如父，家长一般已经坐在竹床边。二舅还没来，所以外婆的步子缓缓的。

屋子西边，有水声披披洒洒，二舅在洗澡。他在杏树底下洗澡。外婆家三面都被庄稼地和池塘包围，只东面一条羊肠小路通向邻家和大路，所以天渐黑时，在屋子西边洗澡还是很安全的，没有外人会经过那里。而我们，听着水声，自然也不去那里。

啪——我们听到一盆水被响亮地泼掉,猜到二舅的澡洗好了。二舅那时是学徒,每天跟着师傅干活,晚上回家一身臭汗,所以他都是饭前洗澡。

二舅穿着短裤走到竹床边,身上散发着香皂的好闻味道。他光着膀子,胸腹长有一畦护胸毛,黑黝黝的。

泡桐树上的蝉已经歇了嗓子,萤火虫从沙地上飞过来,在我们身后的篱笆上高高低低地绕飞,然后又飞远了。一会儿又有几只萤火虫飞来,相似的飞行轨迹,也不知道是否有回头客混在其间。

二舅刚订婚不久的未婚妻也来了,蓝色短袖衬衫下面是半身裙,微胖。她亲昵地坐到二舅身边,似乎心里盛开了许多花儿,满脸笑容。我们看出她是无限喜欢二舅的。外婆问她有没有吃过,她答说吃过。外婆让她再添一点,她果真就拿起二舅吃过的碗盛粥来吃。我看她吃粥,感受到她深深的欢喜,深过夜色。

吃过,她抢着帮外婆收碗。二舅去屋子里摸了件背心,边走边套。然后,未过门的二舅母甜蜜地傍着二舅,穿过东边"之"字形的羊肠小路,散步去了。我猜到,他们肯定要去江边,江堤上风大好乘凉。

外婆用抹布仔细抹竹床,竹床干净后,我和弟弟就爬上去了,或坐或躺。弟弟坐不住,很快就被小舅给吸引走了，他那时崇拜小舅，整日做小舅的尾巴。三舅不知什么时候也遁去。大舅也和大舅母回了自己的新家。

就剩下了我和外婆。我躺在竹床上，外婆坐在我脚边，摇着大扇子，说着三四十年前的旧事。那时，她和躺在竹床上的我一般大。日本鬼子经过她的村子，抓鸡杀来烧着吃，叫她来添柴烧火……外婆中年丧夫，日子艰难，她从来没跟我哀叹过。

我躺在竹床上，听着遥远的旧事，仰面看天顶的星星，挤着挨着亮着，也是一幅大家庭的图景。夏虫在木槿篱笆的脚下千头万绪地叫起来，虫声让我觉得耳朵凉酥酥的。

三舅回来了，进了屋子。一同来的，还有三四个黑影子。屋子里灯亮了。我爬起来，跟着外婆进了屋。桌子上一个大西瓜，胖得像土匪。外婆赶紧问哪来的，屋子里一阵窃笑后，不知道是谁答说是偷来的。外婆就要责打三舅，三舅一让，辩解道，不是我。

有人已经到厨房摸到菜刀，在桌上切瓜，咔嚓一声，红色的汁水随着裂口淌出来，淌到桌子上，在桌子上蜿蜒流着，滴嗒滴嗒地滴到地下。我们围着西瓜，围着切瓜的人，寂静无声，如对远古行祭祀礼仪。

门被推开，吓我们一大跳，是小舅和弟弟。有人摆手示意不要大声。他们也很快看到了桌子上的瓜,面露惊喜。

那一晚,每人一两片西瓜,我和弟弟因为小,比他们吃得又要多些。

瓜是外婆家屋西边的一片西瓜地里的,地头有瓜棚,日夜有人看守。不知道他们是偷来的,还是人家好心送的。

我吃过西瓜,待人散了,继续回竹床上躺着。我的肚子甜蜜蜜的,水汪汪的,可我的心里隐约有害怕。好像西瓜在我肚子里不断巡逻,我下意识将双手盖在肚皮上。

后来,舅舅们渐渐各自成家,我也大了,外婆也走了。那夜的瓜,后来再也没有吃过。那晚的江风那么柔、那么凉啊!

墙外的春天

母亲和大妈在窗外的廊檐下晒太阳，她们边织毛衣边聊天。我在窗内，在床上，生着病。这是三十年前的事情了，至今忆起那情景，仿佛只是昨天。

那时，窗外已经是春天。透过半掩的窗户，风软软的身子游进来，微凉的。若是爬到窗沿边，能看到远处的田野，绿色厚起来，我猜那是紫云英们从旧年的稻茬间抬起了身子。

我翻个身，继续躺着，目光烙着屋顶，仿佛从远古洪荒年代一直凝望到今，屋顶始终没有变化。有变化的是窗外，于是我拼命竖起耳朵，听着窗外的一切动静，然后在脑子里，将这些声音转换成画面。我感觉我的耳朵像一只无限伸长的手，伸到窗外，这里抓一把，那里抓一把，唯恐自己在疾驰的春天里摇摇欲坠一般脱落，就像努力爬到岩石上的一粒螺蛳，却在一个凶狠浪头的摇撼下又坠入淤泥。

在妈妈絮絮的说话声里，我似乎还听到匍匐在低声部的花猫的呼噜声——花猫一定是依偎在母亲的脚边或者母亲坐的椅子腿边眯缝着眼睛。猫也喜欢赶热闹场子，它晚上总是悄悄蹿上我的床，在我的脚边伏下，我都一直不告诉妈妈。可是现在，它不陪我啦，它也在窗外晒太阳睡大觉。

我也听到大妈家的黑狗偶尔的一两声轻吠，像是它的自言自语。门前门后的大路上，此刻应该没有陌生的路人，所以它不必拿出凶恶的架势来。我猜想，那黑狗也许是看见门前池塘里自己的倒影，翘起的尾巴上绒毛被风吹拂，像擎着一束芦花。黑狗轻吠，没有回应，于是它怅怅然离去，跟着小孩子们的屁股转悠。

窸窸窣窣的声音，很有质感，似乎有人在翻动什么，那声音是从篾质的器具上发出来的。大约是草垛上晾晒着一筛子豆腐干，春天，奶奶喜欢这么干。春天太阳又白又稠，奶奶端下筛子来，环在腰间，给筛子上的豆腐干们翻身。

所有能晒的，大约都在外面晒。

我的棉袄也被母亲放在外面晒,我猜要么晒在草垛上,要么搭在椅子背上晒。棉布的经纬之间织满阳光。

母鸡偶尔发出咯咯的叫声,似乎呼唤它的同类,也许是奶奶的筛子里漏下的碎豆腐干成了它们的下午茶点心。躲过年劫的母鸡侥幸生存下来,叫声有了浑浊的沧桑感,不似小鸡仔的叫声那般清脆稚嫩。它们安然吃食,下蛋,就快要蹲窝孵小鸡。

廊檐下传来板凳椅子轻轻移动的声音,似乎有人在伸懒腰,有人在揭身上的袄子,坐得腰背酸了,晒得人出春汗了。我扫眼看了看我的房间,没有被阳光直射到的那些角落,好像还沉淀在旧年的光阴里,隐约有阴冷意。墙里墙外,真是两个世界啊!我感觉生病的自己也是这样尴尬地卡在残冬和初春之间,我的腿上没有力气,像陷在冰冷的淤泥里,迈步不得,困守残冬。可是,我的脖子,我的眼睛,已经拼命迎向春天的阳光,像石缝里探身出来的一截孱弱的蔓儿。

我听到弟弟和堂姐的笑声,有六七张床那么远的距离。他们肯定在玩!

"妈妈,我要喝水。"我隔着一堵墙,隔着半掩的窗子,对廊檐下的母亲喊。

一阵窸窸窣窣的声音,母亲推开半掩的房门,端着一杯水，扶我坐起来喝。我半依着母亲，感受到风和阳光的味道随母亲一道进了房间，这味道又亲切，又像家中忽来的客人一般明媚又尊贵。我喝过水，躺下，母亲给我掖好被子，依旧半掩上房门离去。

弟弟和堂姐的笑声依旧不时传来，他们像是一直在稳步推进着那个好玩的游戏。他们的笑声经过我的耳朵，辗转到我的心上，化作一只只惊蛰之后翻身蠕动的虫子，在我心里四面八方地乱爬，然后又爬回来，几乎要掀起我软绵绵的身体。

咚咚咚咚——咚咚——父亲的脚步声，我老远就听出来。他走起路来，总像是用脚掌砸地，铿锵如鼓点。父亲停在了门前的场地上，因为他的说话声在我听来方向不变，距离不变。"油菜起薹了。年前追的那一趟肥，现在得劲了！"父亲说，语气里有明朗的欢喜。我在墙里，似乎看见父亲沐着阳光，像一棵粗壮的庄稼；他的布鞋沿上大约沾染了油菜叶子的绿汁，他一定是穿过油菜地回家来的。他的略显凌乱的头发里，大约还残有田野上的风和庄稼生长发散出来的清气。

"妈妈，我想起来！"我在床上又喊。

母亲站在房门口，没有进来，像个剪影。

"妈妈，我要起来。"我望着母亲恳求道。

母亲转身出去，捧来我的毛衣和棉袄之类，然后帮我穿。我的头发没有梳，辫子落魄歪倒在一边，待我出了屋子站在门外时，母亲又进屋取来梳子。

屋外到处都是阳光，刺得我几乎睁不开眼，泪都渗出来了。我摇摇摆摆晃着身子，在大门前艰难站住了。

大妈似乎在看我，问，还烧吗？

母亲用握梳子的那只手的手背贴了贴我的额头，仿佛心里在捞什么东西似的，半晌说，还有点热。

我的眼睛依旧不大能完全睁开，泪也没干，只好摸索着跟着母亲走，在她腿边蹲下，她坐在椅子上给我梳头。我被屋外这明亮暖和的世界照耀着，心里反生出无限委屈，觉得自己像是从幽暗冰凉的地底下爬出来的，又丑陋又疲惫，孤孤单单没有同类。桃花在枝上打着蕾，水渠里的春水在脉脉流动，这些景致他们看得比我要清楚明白，他们眼里的春天比我眼里的肯定要鲜活，要鲜艳，要广大邈远。

我的辫子梳好了，我偷偷出力，攥了攥拳头，想把手臂上的力气都统统集中挤向腿脚，我想要快快地走起来，甚至还可以轻松地跑动。我心怀壮阔理想，想要像大妈家的黑狗一样动作敏捷，动辄纵身跳跃。

弟弟和堂姐站在大妈家的廊檐下面壁躬身，小心谨慎的样子，不时爆出笑声。我走到他们身后，探头看，一只胖胖的野蜜蜂被弟弟从墙缝里掏出来。野蜜蜂嗡嗡地叫，似乎在睡觉却被弟弟强行拖起来，很不情愿的样子，一转身，滚进了弟弟左手上的小玻璃瓶里，翻身打滚之后，开始扑扇翅膀。

他们在掏蜜蜂，年年春天玩的游戏。油菜花还没开，野蜜蜂们都还在墙缝里晒太阳。

我便也找来一根小棍，顺着墙沿走，一个墙缝一个墙缝地趴着窥探找蜜蜂。我握着小棍的手虚弱得想发抖，可是，我努力坚持着，掏着一只睡思懵懂的蜜蜂，像是在掏着恹恹无力的自己。

肥胖的野蜜蜂，在我的瓶子里嗡嗡了一下午，黄昏我上床时，打开瓶子放走了它。过几天油菜花就要开了，我心里想，那时我上学时路过花丛，大约能遇上它。

花开到屋顶

乡下的春天有股野性的生气。花一开,就开到屋顶。乡下的花树,结甜果子的桃、杏、梨,结苦果的棠梨、苦楝、泡桐,它们都把花枝举得高高的。乡下的春天,就这样无人管束一般,把花朵的海拔提高了一大截。

春天到乡间去,到处都是一派明媚。阳光没有边界地照着,天地之间,最先看见一团一团的花树,然后是花枝掩映下的灰黑色的屋顶,屋檐下小巧的四方形窗子和白的红的墙面。这样明亮的乡间,不知道是被春阳照亮的,还是被花朵照亮的。

在月夜,行走乡间,会遇见一团一团的淡白的花树。它们氤氲在夜气里,仿佛失重一般,悠悠浮荡着。它们还像是滤掉了白天在艳阳下流淌的红色、粉色、紫色、蓝色，现在变成了一朵朵的梦，袅绕在乡下人间的屋顶上。它们又像开累了的花朵，借着月色朦胧，悄悄坐在屋顶上歇息，一口一口地吐着淡白色的气儿。

　　记得童年时，我最喜欢去外婆家。外婆家在长江北岸的一个沙洲上，因为是一片江水冲积形成的陆地，所以土地平旷，视野开阔。那时，我每去外婆家，远远看见外婆家罩在一片粉色的花雾里，那是屋西边的一棵杏树正开花。我朝着杏花加快脚步，心里涌动着一浪浪的欢喜，觉得外婆家那低矮破旧的寒薄小宅因了一树高开的繁花也变得富丽和辉煌。我一边走，一边远看那杏花，心里生出无数期待。期待花下站着等我的娇美的姨娘，姨娘是世界上最爱我的人，和姨娘在一起的日子就像杏花开到屋顶。我还期待每一朵杏花都开得真心实意，待花瓣落后，每一截枝柯上都稳稳坐定一颗果子。

　　每次从外婆家回来，穿过一整个沙洲，经过大大小小的村落，看人家屋顶上笼罩着的桃花、梨花也觉得亲切。那些纷繁花朵罩在屋顶上的风景，也像外婆家，它们是别人的外婆家。那么多黑瓦覆盖的屋顶，甚至茅草覆盖的屋顶，都陷在千千万万片的花朵里，繁花的映衬里，乡村也像是新的了。这真是比画儿还美的人间。我长大后读过许多文人画，文人画里的村舍常常是三两间，花树常常也是一棵两棵的，被屋子遮掩着。文人画里的春天总像是被克扣一般，有节制和清醒的意思在里面，那是把人间的野蛮生长的野气给过滤了一层，于是多了退守和静思的神情。

在春天，我从合肥回无为老家，常常会特意去坐K8525次列车，这是一辆老式的绿皮火车，能把我坐高铁只需半个小时到达的旅程拉成两个小时二十分钟的"从前慢"。在这趟慢车上，我可以慢慢地坐看窗外的田野、村舍、河流，还有一树一树的乡间的花儿们。在咔嚓咔嚓的火车行驶声中，我坐在窗边，放松自己，感受着慢镜头风景里衍生出来的生命的甜润。

也许是在城里见惯了被修建整齐的花木，于是习惯了欣赏一种有秩序的美，所以再看火车窗外的花朵盛开时，常常会禁不住惊奇地叫一声，有一种审美惯性忽然被冲撞的轰然感。火车经过低矮丘陵时，我会看见高高的槐树花、紫藤萝花，那些槐树花、紫藤萝花从旧年的荒草枯木之间开出来，一团一团的白色和粉紫色像浪花一般啸叫着，从并不茂盛的绿叶丛中溅出来，人在车里也仿佛感受到它们开花的动静。而在这些花朵的身后和远方，是一撮一撮隐约的墨点一般大小的村庄。这些花儿们不仅开得高，还开得远，仿佛离村庄远，越发没有管束的样子。我忽然觉得，乡间的春天要有一点点杂芜和荒远来衬一下，才越发有味，这味是属于乡间的野味。这味是恣肆的，是独树成林一般自足的，是从枯枝败叶里面突围出来的锁不住的蓬勃生命力。

有时火车经过河流和低洼的浅滩地带，还会看见旧年残剩的枯黄芦苇丛后面也有桃花在开，还有桃花开在河堤边的乱树里，影影绰绰。这时候，就分外感到乡间日月里另有一种阔绰，是把大片大片锦缎般的春色就这样随意地浪掷，然后由着这些花树在荒寂地带一年一年地长高。是人不管花，花也不管人，都那么随意自在，各成各的风景。

这样野的花，要怎么收住它们呢？大约只能是在花下坐一户人家，用皖南的白墙黑瓦，来日日年年地仰望它。

故乡的书卷气

每次回故乡,在小县城里闲逛,我就会想起博尔赫斯说的那句话:"如果世界上有天堂,那一定是图书馆的模样。"

在我眼里和心里,这个日益更新的故乡,就是一个书房的模样。

这些年,和所有大大小小的城市一样,故乡无为也在变大变高变美,城市发展的步履早已跨过古老的护城河。每次开车回家,路过无为城南,看高楼林立,心里就欢喜。少年时在老城里读书,常常在黄昏去逛那个古老的绣溪公园,里面有垂柳、小桥、飞檐的亭子和层叠的假山,便以为那是城市最美的风景,而今,新城区里多的是那些珍珠一般星罗棋布的水景公园。

但是，这些都是外在，它让人们生活更舒适，出行更便捷，也悄悄满足着人们对于城市要"悦目"的心理。

如果说，可以"悦目"的那些外在，是一个城市的"颜色"，那么，能够"悦心"的那些内容，便是一个城市的可贵的"气质"了，是一个城市卓然于他者的动人内在。

这几年回乡，和老友们相聚，喜欢去无为市图书馆。很气派的一座大楼高高矗立在新力大道边，远远望去，令人觉得读书也是极气派的事情。其实，无为市图书馆新馆建成开放，大约也有十年了，可是不知何故，每次去，心情就像过年的孩子一般雀跃，以至于总以为图书馆里的一切都是新的……我在这个图书馆里参加过好几场读书活动，一群人坐在一起谈文学，谈创作，四周书架高楼般林立，书架上立起的一本本书像一个个圣贤，悄无声息地陪坐在侧，短暂的读书谈天的时光也有了穿越时空的纵深与辽阔感。我想起二十多年前，自己还在老城里读书，也和同学相伴去过图书馆。那时的图书馆紧挨在米公祠一侧，是低矮的几间平房，光线不是很好，我走进去，心里无端生出怕冷一般的怯惧之心，读书仿佛是趁着暗夜在做贼。

故乡在发展，不只是捧出了一座高山般巍峨的无为市图书馆，还有一处处便民阅读的书房。那些书房有的在安静的河畔街角，有的在热闹的城市中心……这些书房像是一篱篱素雅洁净的菊花，闲淡盛开在川流不息的城市生活的脚边，让人看一眼书房的招牌，倏然就有了闲静之感，就想起了"采菊东篱下，悠然见南山"，想起了阅读，原来也是生活的一部分。

昨天带娘家小侄女去逛才开放半年的无为市博物馆——年前，听朋友说，无为有博物馆了，我就很振奋，也很好奇。咱们一个小县城，会是怎样"地大物博"、历史悠久呢？看馆的人挺多，大多是像我一样外地回乡的人。馆内迎面第一个玻璃展柜里展出的是鱼龙化石，是二十世纪八十年代无为蜀山镇农民在采石时发现的。记得二十多年前，我在读中师时，曾跟着老师和同学们一道在米公祠里参观过，只是那时它只是简单陈列在玻璃后面，只是一块沉默的石头，上面斜斜一道鱼儿的骨骼纹理。现在，站在博物馆里，我伸手触摸一下感应玻璃，玻璃上立刻显出关于这块鱼龙化石的讲解，原来这块玻璃还是一块显示屏，太高级了！像这样的高科技手段，在博物馆里处处可见。我们还欣赏了无为境内出土的各种青铜器、陶器，在博物馆的二楼和三楼，还了解到无为历史上的诸多名人，欣赏了无为非遗——无为鱼灯和剔墨纱灯……我坐在博物馆的三楼大厅里，观赏大屏幕上播放的无为民歌，心里滋生出一种很厚实的甜蜜感,可能这也是一种叫"文化自信"的情感。在我离开家乡这段并不太长的时间里,故乡在我身后依然拔节生长。我坐在故乡的博物馆里,像是坐在这个城市的书房里,上下五千多年的历史和文化,在这里都以一种独特的符号向我呈现。

  对于离乡的人,一次回乡,便是一次回首来处。猛回头,我看见故乡在繁华之时,已长成令人心动的气质,那是图书馆、书房和博物馆滋养出来的书卷气。

江水微茫

用广口小底的玻璃杯喝水,如对江水涣涣。宽广的水,汹涌在唇边。

用这样的杯子盛水,放至微凉,里面加蜂蜜,再调上两汤匙的玫瑰花酱,水与蜜、花酱交融,其味微甜微涩,至微茫。

喝自制的蜂蜜玫瑰水时,喜欢把邓丽君的《在水一方》和民乐《春江花月夜》同时点开来听,邓丽君的声音像腌制玫瑰,《春江花月夜》是兑水化开的浩浩荡荡的蜂蜜水。这两种音乐放在一起混听,起先,浮起来的是邓丽君的清甜与芬芳;后来,在间奏处,邓丽君的声音薄雾似的散去,接着浮上来的是《春江花月夜》里无边的江水与月色;最后,邓丽君的"有位佳人,在水——一方——"

且咏且叹走向尾声，余音颤颤不尽。

三十多年前，我还在一个江边小镇，正是一个懵懂孩童，没听过邓丽君，也没听过《春江花月夜》。在乡下桃花杏花花开灼灼的春夜，我睡在外婆的简陋木床上，身后是姨娘温软犹带甜香的怀抱。姨娘一句一句教我唱《回娘家》，那是黑白电视机里唱出来的春晚歌曲。我有口无心地跟着学唱，耳边却听到江上轮船"嘟——嘟——"的鸣笛声，心上仿佛也有一片迷蒙江水在月色里荡荡铺开。我知道，那是轮船靠岸了，停靠在江对岸那座古老的小镇——荻港镇。

父亲每年冬天从安庆回来，会坐这样的轮船，沿江而下，然后在荻港下船，再改乘小渡船过江回到我们的江北小镇。父亲到家时，常常已入夜。每年春天，父亲又会乘坐这样的轮船，沿着水路而上，去往安庆。那时，年幼如我，并不谙离别的轻愁，只期待那微茫的水路有一天也会铺到我的脚尖。

我隐约是向往远方的。我的心儿被那夜夜响在枕畔的轮船汽笛声给撑开了，撑得一座村庄已填不满稚嫩的内心。

春光和煦的白日，姨娘牵着我的手，带我去江边看大轮船。那远远漂在水上的轮船，像一座座层层叠叠的水上的宫殿,全不似我家屋后长宁河上柳叶似的小木船。

我想,那样的船里,一定坐着许多个父亲。许多个父亲坐在宫殿似的移动的房子里,去往远方。许多个父亲在远方,过着远远不同于固守小镇的人们那日日庸常的生活吧?

许多年后,我追随梦想,也去往远方。我乘坐高铁,一次又一次,从晨气迷蒙的江边小镇出发,就像当年父亲一样。

远方真是个甜蜜的诱惑。我成了奔赴远方的客。

可是,走着走着,我像是走不动了。我像是开始眷恋河岸,而不是追随远方的流水了……

人到中年,再听邓丽君的《在水一方》,竟不觉那是一首情歌,而是一首追梦者吟唱在路上的歌谣。梦想是在水一方若即若离的佳人,是甜而微涩的玫瑰酱。高铁载着我抵达一座喧嚣的城市,我融入其中,恍惚以为自己筑梦完成。可是,人间的路哪有终点。很快,我就发现,自己又得启程,开始新的求索。

马致远在《天净沙·秋思》里写:"夕阳西下,断肠人在天涯。"今夕人在天涯,在远山之下,明日呢,明日又在远山的远山之下。行路的人,只要一口气还在,翌日天明,就又得上路,哪怕马儿更瘦,哪怕西风吹拂更短更薄的白发。

而每次回到小镇，站在幼时看轮船的江堤上，看大江两岸柳绿草青，看江水里河豚逐浪嬉戏，看夕阳在江面铺上万顷颤抖的余霞……每每此时，内心总会情不自禁生出不知何去何从的茫然。

是选择终老于斯、与大江为邻，做一只搁浅的小船，从此停靠在故园的小河边，"野渡无人舟自横"地荒荒而又自在地过下去，过完余生，还是做一条昂扬远去的轮船，驮着梦想，驮着忧伤，一个渡口又一个渡口地追寻下去，不问终点？

也许，人生本就是一道无解的难题。

所以，尘世间有那么一些游子，他们一边怀恋着故园里那"春江花月夜"一般辽阔悠扬宁静的世俗生活，一边又神往着"在水一方"里的佳人。他们过着《在水一方》和《春江花月夜》混搭的生活。

他们在追梦的路上暗自沉吟、叹息、怅然。因为逆流而上，道路远长；顺流而下，所求依旧在水中央。

在为客的异乡，我为自己调制一杯微凉的玫瑰蜂蜜水。举杯慢品，只觉一只广口小底的透明杯子，盛的是烟波澹澹的乡愁。微甜微涩微茫的乡愁啊。

慢缝书

记忆中,多的是祖母缝衣的那些宁静温馨的时刻。穿针引线之间,祖母是我的祖母,祖母也像是乡下所有人家的祖母。缝衣的祖母并不特别,特别的是祖母还有一段给我缝书的故事。

犹记童年时,一回春日里放学回家,我把书包往家里饭桌上随意一扔,就追赶小伙伴们去田野上疯玩了。都是十岁上下的孩子,在厚重棉衣里困守了一个冬天,此番春风一吹,冬装一脱,一个个都像生了翅膀,跑起来格外轻盈快活。我们在紫云英花田里追逐,翻跟头,在油菜花田里捉迷藏,在池塘边合掌去捧还在活泼游动的小蝌蚪……到了暮色从田野上四起,我们才沾一身花汁草汁地恋恋回家。

到了家，桌上已经掌灯，我才想起写作业，结果书包还未打开，就已见我的书支离破碎，纸页撒了一地。原来，我那懵懂的堂弟不知何时跑进我家，并且摸出了我的语文书，一张一张撕来玩。我见满地碎书，想到作业未写，想到翌日上学如何向语文老师交代，心里真是又惶恐又着急。

晚饭前，在外干活的父亲回家了，他一见满地书页碎片和我那惶恐不安的表情，不仅没有安慰我，还劈头盖脸地训斥我一顿。末了，他睁着电灯泡一样大的眼睛，恶狠狠地望着我说："你往后就别上学了，刚好村子里有一头牛，就包给你放好了！"我一听，仿佛我的童年从此被腰斩，不禁号啕大哭起来。我只是想贪玩一下，可是心底里还是喜欢上学的，学校里除了语文课和数学课，还有音乐课、画画课、体育课。学校里还有我的几个好同学，我们一起研究过怎么栽种鸢尾花。学校里的快乐还是很多呀！想到这里，我的心里滋味万千，我是又懊悔自己没有认真收拾书包，又气愤父亲的粗暴无情，又恨堂弟的懵懂无知，又悲伤自己今后放牛的命运……

正在我哭哭啼啼内心一片茫然之时，祖母不知何时从幽暗的墙角处走来，她牵着我的手，拉我和她一起去拣地上的碎纸片。我就一边抽搭着，一边配合着祖母拣。拣完了,祖母牵着我走进她的房间,一边还用她系在腰间的围裙给我擦泪。我坐到了祖母的床上,哭泣依旧不能停止。祖母也傍着我坐下,将我半揽在怀里,深深地叹了口气,然后说:"阿晴啊,你现在后悔放学回家没把书包送进屋里了吧?"阿晴是我的小名,我点点头。"就是嘛,书撕了,你难过,爸爸也难过。所以不要怪爸爸凶了你,原本你自己也没把事情做好呀!"我止了哭泣,低头不语,想想自己若不是风风火火急着出门玩,也不至于那么随便将书包一弃,给了小堂弟破坏的机会。

祖母见我止了泪,将我的小脸捧在她的掌心上,用既温柔又坚定的语气说:"许多事情,不要光想别人的不是,要先想想自己的不是。只有多想想自己的不是,以后才不会再犯同样的错。阿晴,你说是不是呀?"我抿抿嘴角,呼应着祖母的语气,也坚定地点点头。

祖母笑了,然后牵着我的手,出了幽暗的房间。在堂屋里,祖母在饭桌上一片片拼凑那些碎书,我见祖母拼凑,也跟着拼凑。拼好后就开始粘合,在昏暗的灯下,我们祖孙二人,就着饭米粒,将那些碎了的纸页一片一片粘好,排序,然后祖母用纳鞋底的针线将书重新缝订起来。祖母一边缝,一边娓娓道:"不管啥时候,遇到啥事情,总有补救的法子……"我望着祖母缝书,心里像有一轮满月升起，又光明，又辽阔。

第二天上学，我在课堂上小心打开祖母缝补的那本语文书，纸页因为粘了饭米粒而格外僵硬，整本书捧在手里也沉甸甸的。虽然这是一本被祖母像缝衣做鞋一样缝补过的破书，但我格外珍惜它，也从此懂得珍爱每一本书，珍爱每一个学习的机会。

如今，几十年的时光弹指过去，多少往事早已湮没在岁月的尘沙里，可是，祖母的那几句话至今犹在耳畔，每想起，心上一片光明。几十年来，人生每遇不顺，我总是习惯自我反省，先找自己的不是，然后寻找解决问题的方法，就像祖母说的，总有补救的法子。

而那个在灯下穿针引线、慢慢缝书的祖母，就这样成为我生命中时时翻阅的另一本书。

最深的爱，是尊重

如果想要一缕花香，就要躬身去种一篱花草；如果想要一片阳光，就要举目问候那片遥远的蓝天……

如果想要爱，就要先去爱。爱别人，爱世界。

身为母亲，看一个孩子长大，简直像是在观看一场盛大的魔术表演。才记得他牙牙学语，转眼已跟你并肩挽手言笑。他是技艺高超的魔术师，在你的生命里，不断地向你呈现未知、神秘和精彩。

还记得，儿子上一年级，才五岁。有一天放学，我去接他，只见他远远落在人群后面，低头慢慢走着，一个人孤零零的。我很是好奇，平时他放学，总是和同学一道有说有笑。

等到儿子走到我身边时，我才发现他走路的姿势很别扭，原来裤裆前后都湿了好大一块。

他走到我身边，见了我，有些不好意思。我刚想问怎么了，忽然忍住没问。他应该是尿没憋住，上课时弄湿了裤子，怕同学笑他，也怕妈妈笑他。

我抿抿嘴，走过去接过他的书包，牵着他往家走。一路上，我们心照不宣，不提裤子的事。回家后，当他的面，我也不跟他爸爸提起。

如今他已上高中，偶尔我提起他刚上小学时湿裤子的事，他也忍俊不禁。可是，在当时，我默默照顾一个小孩子的面子，在他看来，那是对他无上的尊重。而他，一个五岁的小人儿，为了树立自己值得别人尊重的形象，至此再没尿湿过裤子。

上小学时，有一段时间，他喜欢画画，于是我给他报了个美术兴趣班。每个周六的早上，我们早早起床，匆匆洗漱吃早饭，便直奔老师的画室。画画学了一年，他流露出不耐烦，他羡慕他的小伙伴一到周末就爬墙头、翻双杠、追小猫小狗的日子。

"不想学画，就不学了，好吧？"我轻声跟他说。

自此，每到假日，儿子又恢复成一个野孩子。在单位大院子里，他和他的小伙伴比赛骑自行车，把楼梯台阶边的栏杆当滑梯哧溜一声滑下……他的手指被花坛里的剑兰戳过，他从操场的梯子上摔下过，他玩滑板车摔过无数跟头。

他是野生的孩子，野生地长大。在长大的过程中，变得结实。身体结实，内心也结实，不轻易掉泪，不怕疼，不怕输。

在放弃学画这件事情上，我从不后悔。他没有学画，却让自己的童年过得比画还要斑斓多彩。

他渐渐就长高了，长成了一个少男，爱美，偶尔藏有小秘密。

他把日记本放书桌抽屉里，对我说：妈妈，你可不要偷看我的日记哦！

我笑回：妈妈不看！保证不看！

我也当真没有偷看过一次他的日记。其实不看，我也能猜出日记里写些什么，谁不是从少男少女这条路上过来的呢！

他写了一段时间日记，大约窥察出我真的不知晓他日记的内容，自此对我越发信赖。母子做到后来，渐渐便成了一对真的朋友。

而我，在陪伴儿子成长的过程中，也慢慢懂得：最深的爱，不是束缚，不是三百六十度无死角的监控，而是尊重。

母子之间，在尊重里，有清风，也有花香；有微澜，也有阳光。

养一畦露水

露水是下在乡村的。只有古老的山野乡村，才养得活精灵一样的露水。

童年时，在露水里泡大，以为露水是入不得诗文的，直到读《诗经》里的《蒹葭》才开了心窗。"蒹葭苍苍，白露为霜。所谓伊人，在水一方。"古老的风情画呈现于眼前：雾色迷蒙，芦苇郁郁苍苍，美丽的女子在露水的清凉气息里如远如近……

我的童年里也有睡在苇叶上的露水，但那是另一种风情。生产队里养着一头褐色水牛，农忙时节，孩子们大清早起来割牛草。我和远房堂姐相约着，去村西河边的芦苇荡里割草。卷起裤管下去，脚下的软泥滑腻清凉，芦苇一碰，露水珠子簌簌洒一身。从脖子到后脊，到前胸，露水的凉意在皮肤上蔓延，还似乎带着微甜的味道。苇丛里的青草又长又嫩，几刀便可割一大把，有时还顺便割一把细嫩的水芹，算作中午一道菜。出了芦苇荡，几个大青草把子拎在手上，一路滴着露水。我们的头发和衣服，也被露水打得湿透，仿佛洗了个露水浴，脸上，身上，眉毛上，眼睛里，皆是露水。白露未晞。白露未已。

　　那时候过暑假，晚上不爱在屋里睡觉，而是在平房顶上露宿。堂姐堂哥堂弟，唧唧喳喳的一大群，自带凉席，都来我家的平房顶上睡觉。我们简直成了原始部落，月光为帐，星星为灯，感觉自己就那么睡在天地之间，也像草叶子上的一滴露水。到后半夜，露水重重地下来，裹身的毯子又凉又软，翻个身，贴着堂姐的后背，听她说断断续续的梦话，窃窃想笑。星星在耳边，垂垂欲落，虫声蛙声都已歇了，四下阒寂。满世界，只剩下了露水的清凉气息在流散、漫溢。露水里睡着，露水里醒来。清晨下房顶，常看见邻家的瓦楞上结着蛛网，蛛网上也悬挂着露珠，亮晶晶的，在晨风里摇摇欲坠。

　　暑假一过，初秋早晨上学，穿过弯弯曲曲的田埂，也是一路蹚着露水去学校。到学校，一双小脚泡得好白，又白又凉，嫩藕一般，脚丫里有草屑和碎小的野花。那时候，常提着凉鞋上学，到了学校后，才下到学校前的池塘边，洗掉脚上的草屑和野花，将一双被露水洗得格外好看的小脚插进凉鞋里。有时不舍得插：是露水让一个乡下小姑娘拥有了一双不为外人知晓的好看的脚。

成年之后，庸庸碌碌，在家和单位之间来回折返，过着千篇一律的两点一线式生活。有一日，读《枕草子》里写露水的几句，才想起自己似乎好多年没看见露水了。忙时只顾着抬头往前赶路，快！快！闲时只想饱饱地睡会儿懒觉，起床时，草木上的露水已经遁形。以至于以为：露水，是只下在童年的！

当然不是。露水一直在下，下在童年，下在乡村，下在有闲情闲趣的人那里。

《枕草子》里写露水的笔墨多而有情趣，而我最爱玩味的是这一句："我注意到皇后御前的草长得挺高又茂密，遂建议：'怎么任它长得这么高呀，不会叫人来芟除吗？'没想到，却听见宰相君的声音答说：'故意留着，让它们沾上露，好让皇后娘娘赏览的。'真有意思。"读到这里，我恍然觉得养花种草不是目的，是为了给一个闲淡的女人去看清晨的露。烽火戏诸侯，裂帛博取美人笑，都不及人家种草来养露水的风雅。

我读着《枕草子》，不觉痴想起来。痴想有一天，能拥有一座带庭院的房子，四周草木葱茏。院子里，种花种菜种草,一畦一畦的。清晨起来,临窗赏览,看一畦一畦的露水,都是我养的。

养一畦露水。在露水里养一个清凉的自己。生命短暂渺小,唯求澄澈晶莹,无尘无染。让美好持续,一如少年时。

油纸伞呀，油纸伞

怀着古典情结，就像负着胎记，一辈子难以脱去。

喜欢一切有古意的小物件，甚至有古意的生活方式。

喜欢绸缎，喜欢瓷器和陶，喜欢簪子，喜欢绣花的小包包，喜欢老藤椅，喜欢暮晚旷野上的雪。

喜欢汲泉水煮春茶，哪怕为此辛苦奔波一百多里。喜欢停电的晚上，因为可以点蜡烛，房间罩在烛光里，像个剥开的橘子。喜欢去江南小镇旅游，西塘，乌镇，周庄，尤其是蒙蒙春雨天，薄衫薄裙，执一把油纸伞。

只有在杏花春雨的江南，才可以特别贴切地，特别相宜地，执一把薄薄的油纸伞。

记得那时年少，在小城读书，日子过得又轻又淡。那时的小城，还有许多条悠长悠长的巷子。许多个周末，一个人,去转那些老巷子,像条鱼,在那些幽暗的巷子里摇摆和觅食。边走边发呆,看巷子角落青苔斑驳,看野蕨从墙缝里长出来,羊齿般的叶子在疏淡的阳光里摇曳,抑或静止。那时,时光好慢,心好闲。

有一回周末,是午后,在巷子里看见有女子在卖油纸伞。许多人围在那,撑起茉莉花似的伞儿,举举看看,又收收抚玩。我想,她们一定无限欢喜这油纸伞,可是又在犹豫,到底要不要买。实在,油纸伞不耐用,又不能折叠方便。买它,只能是为了看吧,只为养眼。即使大夏天打它,太阳一晒,一股浓烈的桐油味道袭来,不是怡人,而是呛人了。

可是,我管不了那么多。我要买!几乎要疯狂。就觉得它,特别贴我,是贴切的贴。

即使不能久用,即使桐油的味道那么老土,我也要买。单是想想,那些个下着渺渺细雨的日子,将因为有了这把伞,从此有了别样意味,再多的不适合,也是值得的。

我挑了一把,晕黄的纸上,画了袅娜的垂柳,还有石桥。画的应该就是西湖的景致吧。

果然,那把油纸伞不常用。做学生时,它睡在我的床头,偶尔,桐油的香从被子边沿袅袅溢出来,我恍然觉得自己回到宋代。

但到底不是在宋代，不是在《清明上河图》里的宋代。我抱着那把油纸伞，毕业以后离开学校，仓皇应对琐碎日常，诗意尽失地陷身于百丈红尘里。以前以为撑油纸伞的日子那么少，到自己过起日子后，才发现，属于油纸伞的时光更少更短更渺茫。

眼看着那把伞，寂寞，蒙尘，被虫蛀，直至，被家人丢弃。

最后的命运，是被弃。

我一直以为，总会有那么些个细雨天，总会有一段闲情，我撑着一把油纸伞，把自己走成一朵愁怨的丁香。我以为，总有一些时光，在等着我，它轻盈，舒缓，飘着暗香。

被弃，总是不甘。我怨过无数次家人，怨他剪断了我一段未了的情怀。于是越发，心心念念，记挂着油纸伞。

2010年初夏，去西湖。画舫未坐，湖心岛未上，先在湖边的小卖部买了一把油纸伞。手执一把新的油纸伞，觉得整个人都饱满起来了，都撑开了，风一吹就能欢喜上了林梢儿。断桥大抵可以不去了，雷峰塔也大抵可以不登了，有了这把小小的油纸伞，整个江南都已在我怀里了，在我怀里沁出芬芳来。

我心想，这一把油纸伞，万不可，再辜负了！

要怎么样，才算不辜负呢？要怎样珍重，才足以表白我的深情？

撑它。像怀着相思，等待有雨的日子。

雨不要太大。夏天那样激情四射的雨，我的油纸伞，承受不起。冬天也不行，冬天太沉重了，我的油纸伞，它的颜色和气息，也不适合承载一个苍老的冬天。

那么，只剩下春天和秋天了。

春天，我总是那么忙，像桃花盛开一朵赶一朵那么忙。人一忙，就没了闲心，就没了去撑一把古典的油纸伞的闲心。

总有忙中偷闲的时候。是的，偷得浮生半日闲，为了一把油纸伞。可是啊，可是，我缺了一个和我有同样闲心的另一个人，我缺了一个古典的伴儿。

我总得寻找一个理由，好相宜地去表演我有一把油纸伞。但是，在春天，无人可访，也无人同游。

我空藏一把油纸伞啊！

秋天呢，我总是生病。小病缠绵，像李清照的慢词，长长短短的叹息。秋风秋雨里，更哪堪一个病人去执一把油纸伞！

一年算下来，也就那么极其寥寥的几日，一个人，执油纸伞，去看雨里的花。这样地看花开，再盛大繁丽的春色，也是寂寞的了。寂寞也是盛大的了。

剩下那些漫长的日子，油纸伞，都是藏在了旧衣橱里。寂寞自守。

跟特别体己的朋友喝茶聊天，说到一些极具古意的物事上，会忽然动情，跟她说：我有一把油纸伞呢。

说的时候，心上一阵湿润，好像在说一段缠绕多年的私密情事。

朋友问：在哪呢？怎么没打来让我看看？

我抬眼看茶楼的落地玻璃窗外，车水马龙，霓虹就要亮起。高楼森森，搭建的城市，仿佛庞然大物，一把油纸伞，如何能在汹涌的人流里，悠然撑开？

我打开手机，翻出照片：喏，你看！

你看！我有一段闲情，无人与共，无时光可寄，就像油纸伞。

他在书香里渐渐长大

我自己爱读书,也受益于读书,所以,当我的儿子出生以后,我便有意在家里营造一个读书氛围,希望他也爱读书,希望他能借阅读这个窗口,抵达一个更为广阔神奇的世界。在这个世界里,他能更为茁壮地成长。

在他两三岁时,晚上睡觉前,我和他爸爸各执一本书,靠在床头看,有意影响他。他挤在我们中间,见我们都在看书,于是一骨碌爬起来,去找他的小画书来看。他的阅读习惯就这样潜移默化培养起来。

睡前讲童话故事,通常他坐我怀里,我们共执一本童话书在手。讲《白雪公主和七个小矮人》的故事,我讲,他一边听,一边看书里的插图,津津有味。慢慢地,他开始讲这个故事给我听,他喜欢小矮人们的热情好客、乐于助人。

  我给他讲《海的女儿》时,他流泪了,他不忍心海的女儿——人鱼公主最后变成气泡,永远消失。我惊讶且感动于他的善良和富于同情心,于是在他的恳求下,我把这个故事又续了一个结尾——变成气泡消失的人鱼公主最后又重获美丽的容貌,回到母亲的怀抱。他听完,终于心安理得,甜蜜地依偎在我怀里。

  他从这些童话故事里获得的热情善良、富有同情心、乐于助人这些品德至今一直保持,这令我欣慰。

  小学阶段,随着识字数量不断增加,他已经可以自己独立去读寓言童话故事。饭前饭后,睡前时间,都是我们分享他的阅读内容的宝贵时间。"今天读了什么有趣的故事呀?讲给爸爸妈妈听好吗?我们好想听喔!""好吧,那就讲一个给你们听。"通过分享,他的阅读兴趣也不断提高。

  刚上小学时,我还会和他一起读一些形象易懂的古诗。在阅读中,为了帮助他理解,我努力做到声情并茂地向他描述,尽量让他感同身受,有身临其境之感。后来一次,我带他到乡村田野上去闲逛。他看着一望无垠的田野,看着远处隐约的村庄和树林,情不自禁跟我说:"妈妈,我念首诗给你听,'一望二三里,烟村四五家,亭台六七座，八九十枝花。'"再后来，他随我外出，触景生情，竟也写过几首诗。我欣喜于他对所见所闻不是漠然与无动于衷，而是有感受，有激情。他是个情感丰富的孩子，已能从寻常物事中感受到诗意，这是我所欢喜的。

小学高年级阶段，他读学生版的名著，读一些科普读物，视野不断扩大，知识面不断拓展。在他读书的时候，我基本也在读书，我们母子在书香里各自寻访各自的世界。

初中阶段，学业渐重，平时的阅读以报纸杂志为主，大部头的名著阅读，基本都是安排在暑假和寒假。他读书很快，我猜测他阅读时在细节上品味功夫不足，但我也不干涉，阅读的方式方法都凭他喜欢。

七年级时，他读高尔基的"自传体三部曲"，读完，跟我感叹："妈妈，有时候读一本书读到后面，会不舍得读完，好像要跟书里的好朋友分别似的……"我听了，心里欢喜，他已经深入故事，与书中人物做了朋友，他悲伤他们的苦难，他快乐他们的幸福。我以为，一个情商丰富的孩子，将来走向社会，开始自己独立的生活，他应该会收获许多朋友，人际交往不至于障碍重重，他会因此快乐，也将快乐施与他人。

我建议他读读《红楼梦》，他翻翻，兴趣不大，说书里写的多是一帮家庭琐事，一帮女孩子们叽叽喳喳。我心里明白，也许他还没到读《红楼梦》的时候，毕竟还是一个小男孩，于是我也不勉强他读。

后来他读《水浒传》，很是痴迷。我一直很喜欢林冲，可能是出于成人的情感，是一种惺惺相惜的感情。他读林冲，读到林冲买刀的情节，很遗憾地跟我说："妈妈，林冲买刀竟然还还价！"彼时他还没读到后面风雪山神庙、雪夜奔梁山的那些高昂处，我被他一语逗笑。他对英雄充满期待，以为林冲一出场就是慷慨激昂之士。他喜欢那帮梁山好汉，喜欢他们的慷慨豪放、光明磊落。他自己在交朋友时，在和朋友一道逛街消费时，在自己口袋里的经济允许下，花钱倒是从不吝啬，很有好汉之风。在与朋友相处时，倒也不曾在一事一物上斤斤计较。做人做事能做到敞亮开阔，这是男孩子应该有的风范。

我希望他做一个内心格局不断扩大的人。中考结束的那个暑假，我跟他一起读宋词背宋词，我挑选的主要是苏东坡、李清照和柳永的词。在阅读和背诵之后，他跟我说，他更喜欢苏东坡的词，这正中我意。"大江东去浪淘尽，千古风流人物。""家童鼻息已雷鸣。敲门都不应，倚杖听江声……小舟从此逝，江海寄余生。"苏东坡词的豪放与豁达，开阔与从容，我希望对他都能有所熏染——

在成长的路上，既要让自己站在思想的高点，拥有放眼远方的志气，在面对挫折困难时，又要有苦中寻乐的智慧，有俯视坎坷的大胸怀。

一路走来，看看他，转眼竟已高过我的个头。我庆幸这么些年来，在繁忙的工作和家务间隙，我还能挤出时间，携手与他走在书香里。祝福所有与书为伴美丽前行的孩子们！

旧时腊月忙

我喜欢旧时的腊月。旧时的腊月有一种很务实的忙,这忙里又透着人世的欢喜与亲切。

过正月,只是享受,只是消耗资源,只是虚度光阴,过得真让人惭愧。只有腊月,才让人过得心安理得,心里踏实。

说到底,腊月最有民间烟火气,是紧锣密鼓,一拍赶一拍,不怕音高弦绝。

未进腊月,木柴已经在晒,一直晒到腊月,后面蒸年糕、炒米糖都要用。做主妇的,锅上一把,锅下一把,忙起来恨不得三头六臂。这时候,用作烧火的原料很重要。稻草、麦秸和棉花秆之类烧起来费时费力,而且灰多,不招主妇们的喜,所以木头做成的柴最得人心。烧着了,灶膛里架上几根,一烧小半个时辰都不用添柴,火焰还野心勃勃地旺。

母亲那些年烧的木柴都要经过父亲遴选。父亲是进到冬季就开始伐木,我们那里叫"放树",我喜欢这个词,伐或砍有些血腥意思在里面,"放"字里透着庄严隆重。被父亲放倒的树,成材的都被他留下了,留作打家具用,不成材的就成了烧火柴,仿佛众神各归其位。那些新木柴,浑身散发潮凉的木香气,父亲叫我搬到场地上晒,还怕露水露湿了,怕霜打了,黄昏总要收回码放在廊檐下,一层一层地架成"井"字形。在我们江北平原,土地都是用来种庄稼,用作荒地来长树的地方少,树木不多,所以用作烧柴的树木尤其珍贵。我就日日晒柴,收柴,木头的香气渐渐由清气浓郁转成了太阳的味道,一架好木柴算是成正果了。

有了好柴,诸番过年的大事就可以堂皇开动了。头一桩一般是蒸年糕。糯米和籼米按比例搭配好,放进盆里桶里用冷水泡,泡上一两天,米粒涨得好像怀孕的肚子,洗过,用石磨来磨。我记得那时都是我母亲和父亲轮流推磨,奶奶系着黑色的大围裙坐在磨子边添米,一勺一勺的米,汤汤水水地被奶奶喂进磨子中间的石孔里,白色的米浆沿着两块石磨的缝隙处纷披流泻,淌进磨子下边的白布里。白布垫在一层稻草灰上，稻草灰是用来吸收白布裹着的米浆里的水分。

我尤其喜欢大人们在大雪天里蒸年糕。门外雪气凛冽，不出门玩，等着吃年糕，安静坐在灶边，帮大人看着灶膛里的火。滤掉了五六成水分的米浆成了细腻奶白的米面，妈妈和奶奶站在蒸笼边，将米面一团一团搓成扁圆的粑粑，然后放在锅里蒸。蒸出来的叫年糕，又白又胖，慵懒地卧在蒸笼里。第一笼年糕总是先尽着小孩大人们吃，软糯而香，比起米饭的口味自是雍容妩媚许多。吃过，父亲也帮着往堂屋里端蒸笼。门外的大雪也是又白又胖肥肥地卧到门沿边，也不关门，由着雪的冷气和亮光一同拥进屋子里。蒸笼里的年糕在雪气里一冷，渐渐就收敛了身子，大人们将它们一个个从蒸笼里剥下来，放在芦荻编的席子上继续冷却收身子。年糕一蒸，算是夯实了过年的底，大人、小孩都觉得那日子是四平八稳的富足殷实。

蒸过年糕炒米糖。一个腊月，灶都被烧得烫人，从前小孩子的湿鞋都放在灶边开的口子里炕，那些日子，鞋子被炕得呀，穿在脚上都烫脚。米饭晒成的米粒被炒香炒酥以后，白得泛出隐隐金色，然后用热糖稀拌匀，倒入大木盆里按压紧实，成型后倒出来，最后切成方方一小块，冷气一收，软而热的米糖便又脆又香了。冷好后的米糖被装进密封的坛子里，过年时抓出来，用来待客作喝茶的点心。讲究的人家，不仅炒米糖，还炒芝麻糖、花生糖。

麦子洗干净磨成面粉后，也被送到挂面师傅家去做挂面，没有挂面，也不成人家。我姑父便是替人家做挂面，晚上和好面后，要揉面到小半夜，第二天大清早起来将挂面上架，继续拉，拉好后给太阳晒。做挂面要有好天气，不能下雨，晒挂面时风又不能太大。那时候，常见姑父一边干活一边听天气预报，天气预报听过就换频道听说书，说岳飞，说水浒。我家的挂面做好后，父亲挑回家，被母亲珍重地团好放进大缸里，这些面，不仅要吃过正月，还要吃到二三月土地开耕的时候，总之日子好长，比挂面还长。腊月吃什么呢？吃挂面头，从挂面杆上捋下的一个个挂面头。一般是晚上煮挂面头吃，中午剩的米饭掺水还搭上年糕煮滚后，撒一碗挂面头，再煮一滚，再撒上些青菜就好了。临吃之前，母亲会很慷慨地和上一大筷头的猪油进锅，还撒上一圈香葱、一点味精，锅铲子在锅里转几趟，拌匀，盛入碗里。就有那么香！白年糕的软糯，青菜经霜后的甜嫩，米饭拖儿带女一般掺夹其间，它们相伴烘托一点微咸的挂面头，来抚慰乡下人家的肠胃。这是挂面头在腊月受到的礼遇。

我最害怕的事情是炸油荤。灶膛里的火烧得烈旺旺的，锅里的香油也烧得波浪滔天似的，豆腐切成条放进去，一不小心就"啪"地溅出油星子来，溅到脸上的话就容易破相。"奶奶，炸了！"我叫道。奶奶一巴掌轻轻打过来：大丫头，叫你别说"炸"还说！可是，再炸的时候又忘记了不能说，依旧继续挨巴掌。可是，还是不舍得离开厨房，厨房里热闹啊，还有东西可以尽着我们吃。吃过炸豆腐，吃炸面粉条，吃炸糯米锅巴，还有山芋圆子、糯米圆子……听说从前经常有人家在炸油荤时起火了，有时是烧了一家房子，有时是连着烧，烧了一村半村的房子。这样让人胆战心惊，可是，依旧这样轰轰烈烈地忙着过年。

"上七掸尘"。腊月十七掸尘，错过了十七，腊月二十七一准掸尘。掸尘那天，母亲同时洗被子。放寒假，懒觉也睡不成，被母亲从被窝里早早扯出来，帮着拆被子。拆出来的被面和被里放进热热的洗衣粉水里泡，棉絮搭在晾衣绳上晒，晒一大片，成为我们小孩子捉迷藏的好道具。连垫在棉絮下面的床铺草也被抱出去晒了。然后母亲头上裹片小围巾，高高举着鹅毛掸子在家里掸尘，斑驳的石灰墙面、蜘蛛网上垂挂的蚊子飞蛾的残肢、灰尘之类簌簌地往下落。落下来的灰尘之类被扫之后，是抹桌子、椅子。被洗好的被面和被里还要放进稀释好的米粥汤里浆一下,然后绞干,挂在冬天的风日里晒,被面上的牡丹凤凰鲜艳逼真,被里雪白平整。

母亲洗过了物什,就要洗我们小孩子。吃过午饭,提两口大桶,去村边的豆腐店里接豆腐水,就是从豆腐里压出的水,泛着浅浅的豆青色。母亲拎着这样的豆腐水,一路冒着白汽,回来给我们洗头洗澡。说是用豆腐水洗头将来头发乌啊,用豆腐水洗澡皮肤不痒而且白啊,我们当然愿意洗,以为长大后必得有乌头发和白皮肤才能讨人喜欢。那时候,洗澡盆放在朝阳的草垛边,借着草垛挡风来洗澡。我坐在澡盆里,享受着豆腐水的清香,冬日午后的阳光披覆在草垛上,也披覆在我潮湿的身体上。门前的许家塘清波粼粼,也像一口大澡盆,里面洗着太阳和云朵,以及树木的倒影。大公鸡站在草垛上不时叫几声,步态稳健中可见养得已经肥了。母亲蹲在我的背后搓脏,我一低头看见自己的肚子,也是丰硕得像夏天的长菜瓜。我隐约懂得害羞了,希望洗澡时不要有外人路过草垛边。

晚上睡觉,我的身体是香的,贴身的衣服是香的,晒好的被子洗衣粉的残香里还缭绕着米粥汤的香气。所有的香都是那么干爽爽的。床铺草和棉絮被晒过,格外蓬松,睡在上面软和得让人想多做几个梦,我觉得自己像是个小客人,住在自己家里也这样隆重。

腊月二十三送灶。早上要上街去称肉，五花肉，做送灶粑粑的馅。上午还要洗萝卜，切萝卜。五花肉切成丁，红烧到七八成熟时加入萝卜，添作料，继续烧，烧好后盛起来，这是送灶粑粑的馅了。下午做送灶粑粑，做好后上蒸笼蒸。晚上吃送灶粑粑时，还要放鞭炮。我小时只知道吃送灶粑粑，却不知道我们每家都有一个灶神菩萨。腊月三十贴对联时，父亲每年都写"上天奏好事，下界保平安"，红红的一副对联贴在灶上。我看见那对联之间并没有供菩萨像，只是放着一只豁口的粗瓷碗，碗里是粒子盐，母亲每餐炒菜都要用。莫非菩萨没下凡，只站在高空云朵后面，盯着我们家看，像老师站在高高的讲台上看着我们写作业？父亲说，灶神菩萨吃了送灶粑粑之后就会上天见玉皇大帝，报告我们人间的事。我听了心里纳闷许多年。是不是每家都有一个灶神菩萨？这么多的灶神菩萨都上天会不会挤破了玉皇大帝的办公室啊？如果只有一个灶神菩萨统管我们所有的人家，那他吃了这么多人家的送灶粑粑是不是撑得路都走不动啊？我一边吃着送灶粑粑，一边纠结迷惑。

腊月可不管我们小孩子的困惑，腊月依旧要继续它的繁忙。这就是腊月。过了送灶节，大大小小的鱼塘就要开始起了，一直起到腊月二十八九。一个村子共养一两口大鱼塘，所以，一起鱼塘，一个村子的人都出来了，站在岸上看人家在水上捕鱼。起鱼塘之前，要放爆竹。母亲说，放了爆竹，水里的水鬼都变成了大鱼。我听了也心里高兴，好像白捡好处不担人情。可是，奇怪的是，到了来年夏天，下水游泳时母亲依旧叫嚣着说水塘里有水鬼。莫非水鬼也是子子孙孙、生生不灭？

爆竹响过，停泊在岸边的渔船踊跃划出，千百条白色渔网下面条一般下到水里，就等鱼来上网了。下过了网，水上的人故意用划子拍船，准确说是拍腰子盆，一种比盆大比船小的水上工具，形状似猪腰子。岸上的人也配合着制造响声，吓得鱼们起身乱窜，纷纷上网。我就站在离父亲不远的落光叶子的榆树荫下，看父亲起网。"阿姐——阿姐，快来啊，我爸就搞到一条大鱼了！"我招呼堂姐来看我爸的收获。我爸爸正把一条大鲢鱼拖进腰子盆里，鱼的尾巴在啪啪地扇动，父亲在将鱼从网里剥出来。起鱼塘一般要起到黄昏，那时候，所有的腰子盆已经靠岸，鱼堆在塘湾边的场地上像银山。箩筐、扁担、大秤，已经有人在那里开始称鱼，有人记账，好几千斤的鱼啊，然后按人头数来均分，每个人头能分到二三十斤，有时更多。分到手的鱼，用箩筐抬回家，那些鱼睡在箩筐里，被折腾大半天，已经不大动弹，只有长长的鱼尾巴扇子似的翘在筐沿外边，随着箩筐左右摆动而抖动。

　　鱼塘起过，就要杀猪。穿着油晃晃大褂子的杀猪匠手里捏着一根香烟，带着几个副手一进村，一股杀气进村。小孩子们又恐惧又好奇，从草垛边纷纷探出脑袋来，高高低低嚷道："杀猪匠来啰——杀猪匠——来——"杀猪匠也不看我们小孩子，径直往猪圈方向去，躺在竹篮子里的杀猪刀犹见银光。我心里隐隐忧戚起来，替我喂过猪草的我家的大黑猪难过。我不敢回家，我知道母亲在灶上烧开水，用来烫猪。我躲到大妈家床头边的柜子后面，依然听到嗷嗷的猪叫，我又恐惧又难过，闭了眼，捂了耳……躲到傍晚，只好回家，家门前的场地上一大摊的红血未全部淌走，上面还杂着黑色的猪毛。我抬眼看看猪圈，猪圈门是敞开的，里面猪粪还在，猪睡觉的稻草还在，只是已经没有大黑猪在呼噜呼噜睡觉了。我们那里流行送猪血汤，就是杀了过年猪的人家，把猪血、猪内脏、猪油渣子之类煮一锅汤，赠送给左邻右舍，一家一大碗，是那种蓝边大碗盛的。母亲盛好汤，排放在锅沿边，安排我一家一家端送去。我就端了碗，送到大妈家，送到二妈家，送到三妈家。三妈接过猪血汤，转身进厨房，然后再端着那只已经倒完汤的空蓝边碗，轻声说："阿晴，你家的猪杀了哈？"我嗯了一声，笑不出来，头低着接过三妈还回的空碗，眼泪就要下来。晚上的汤，我一口都没尝，肉也不吃。每年杀过年猪，我都觉得好悲伤。

杀过猪，还杀鸡。公鸡母鸡都要杀，家家户户杀得鸡飞狗跳、血雨腥风。

我的悲伤在腊月繁忙的空气里一点点稀释，稀释到腊月三十，才终于内心荡漾起来，觉得人间多的还是欢喜和热闹。当家家户户贴上红对联后，当一个村庄都氤氲在一片茫茫的红色里之后，终于觉得人世有靠、岁月可待。

雨天的刨木花

一

雨下得看不见雨。只听见屋檐下的水声,滴滴答答的像雨躲着藏着聚到一处去说话。介于鸭蛋蓝和蟹青色之间的天空,有种蓬松感——雨把天色下得起了毛。

雨线大约是极细密的,以水汽的形态漫漶着。看不见,摸不着,可是肌肤和呼吸都汪在丰沛的水分里。这样的日子,一切都像是软的,都像是坍塌下来,丢了轮廓,变了形。

丢了轮廓的,还有我的父亲。在下雨的日子,我的父亲不再是平日里那个表情绷紧一脸严肃的父亲,他敛了锋芒,变得和气而陌生。在那个三十多年前的乡村,我和弟弟穿过笼在雨雾里的田野和村庄，奔回家，迎接我们的常常是满屋的刨木花。我们披拂一身毛茸茸的细密雨珠，立在门槛上，无处下脚：并不敞亮的瓦屋里，空气中挤满木头的香味，地上蓬松的刨木花，一圈一圈的，大圈缠着小圈，像浪花，从堂上的大桌脚下一路推涌过来，漫到大门口的门槛下。站在这满地刨木花里的，是父亲。

父亲的午饭又迟了！

他从一簇正翻卷出来的刨木花上方抬起脸，看着我和弟弟湿答答地站在门口，一愣，然后是抱歉似的一笑。他愣着发笑的那刻，极笨拙，眼睛里甚至有片刻茫然，他像一只被海浪推到沙滩上的龟，站在浪花里，无所适从。愣了一会儿后，他终于醒过来一般，恋恋不舍地放下手中的木工刨子，走进昏暗的厨房。他临走抓了一把刨木花，到灶膛里引火。潮湿的空气里，被切断或锯开的木头散发浓郁的清香，这木头清香里慢慢又混进来柴薪燃烧的香味。这些香味儿也像一圈一圈的刨木花，蓬松漫涌在我们的嗅觉里。

在雨天，母亲总要回娘家。她一走，煮饭的事情便落在了父亲头上。父亲总喜欢趁雨天做木工活，他一做起木工活，就会忘记了时间，忘记了给我和弟弟做午饭。

雨天做木工的父亲，也像是受潮坍塌般融化了的父亲。他会向我和弟弟抱歉地笑笑，露出很白很大的牙齿，他平时笑得少，总抿着嘴角。他半躬在木工长条凳上，朝我和弟弟抱歉着笑的时候，我看清他的门牙有一点微龅——干木工活时的父亲，一不小心就把自己暴露太多。他大约也觉情怯理亏，觉得自己不该玩木头，所以感到抱歉，所以讨好一般地向我们微笑——这真是变了天。那时候，我和弟弟总要在父亲抱歉的笑容里恍惚一会儿，因为违背常理，一时不能适应。要知道，平时感到抱歉的总是我们。我们放学迟归，在田野上疯玩了；我们期末考试太慎重，用他的钢笔答题，结果弄丢了他极为珍爱的钢笔；我们玩游戏不小心烧了人家的看鱼棚，被人家追上门索要赔偿了……实在，我们做儿女做得错漏百出的，害得他常常生气。他一发怒，我们就缩着脖子低头站在大门两侧，像两只哑口无言的石狮子，一动不动。我们不敢进门，也不敢跑远，心里怀着一万句抱歉。

我们没想到，父亲也有貌似理亏一般的抱歉。他一抱歉，就默默待在厨房里赶着生火烧饭，锅上一把锅下一把地手忙脚乱，那平日里做父亲的威风全颓了。这样的父亲让我和弟弟在短暂恍惚和不适应之后，很快就欢喜起来。

在这雨天的刨木花的清香里，我们的父亲跌了威风，没了尖锐棱角，话儿少少的，声儿低低的。当他面对我和弟弟，他的脸是和颜悦色；当他背对我和弟弟在厨房忙碌时，他的背影里掺进了一丝母性的柔软和温暖。

雨天真好。刨木花真好。

虽然我和弟弟饥肠辘辘，虽然我们对他忘记煮饭怀有怨言，但是一想到这个雨天里的父亲，坍塌融化了一般的父亲，我们心里也快活得很，四处流溢的刨木花香味里似乎也有糖分在慢慢溢出来。如果平日的父亲是巍峨高耸的，那么这一日的父亲变成缓缓起伏的丘陵了，父亲降低了海拔。无疑，对比之下，我和弟弟的海拔上来了。心理上，我们接近父亲了，这让人激动。

我们的激动很快得到释放。父亲进了厨房，把一个涌满刨木花的堂屋暂时腾给了我和弟弟。我们把覆满细小水珠的黄色帆布书包，胡乱放在落满锯木屑的小椅子上，没有饭吃，我们就地取材玩起刨木花。我们像两条小鱼，刚回家，身上还覆满亮晶晶的水珠子，这些水珠子就像我们身上的鳞片，我们滚进满地的刨木花中，真软真香的木头浪花呀，我们把自己淹得深深的，又相互寻找。我们在蓬松的刨木花之间呼吸，细小的刨木花碎屑在鼻唇之间一跳一跳地翕动，我们像鱼在水底吐泡泡。那些刨木花舔干净了我们身上的水珠子，我们睡在蓬松的刨木花里，木头的香味层层叠叠，把我们包糖果一样地包好。我们像睡在云朵里。天上的牛郎织女都是睡在云朵里的吧，我们是小神仙了。

我们在刨木花的缠绕里，享受着一种在雨天才有的隐秘的快乐。这样的快乐，只有母亲不在家时才有。母亲不在家，我们就像是野生的了，雨水里怎样湿了衣服，刨木花里怎样沾了一身的碎木屑，父亲都看不到，父亲的眼睛里只长着木头。这一天，父亲也成了野生的父亲，没有人管束他。

二

我们的快乐很快就遭到了破坏。我家隔壁是伯母一家，伯母就像《灰姑娘》里那个午夜二十点的钟声，她一出现，许多事情就有了变化。

这样的雨天，伯母家的午饭是从来不迟的。伯母不大回娘家，很少耽误做饭这样的头等大事；即使伯母出门走亲戚，伯父也不会在家叮叮哐哐木屑飞扬地干木匠活。伯母家的日子过得规规整整，相比之下，我们家早一顿迟一顿的，常常成为笑话。在父亲忙于木工而疏于做饭的那些雨天，伯母经常捧着饭碗到我家门口，她总是先斜斜探头一看，仿佛还是踮着脚尖的样子，身子还藏在门外面，只探出半张小脸，似乎要小心翼翼揭开我家的秘密。她看见我和弟弟在刨木花里翻滚身子，像两头江豚在浪花里追逐嬉戏，然后，门框内，她真相大白一般终于现出完整的身影来，一笑，道："阿晴，你爸爸又干木匠活啦！"其实，她是料定我父亲在家干木匠活的，一上午，锯木头的声音，刨木板的声音，木头的香味弥散在空气里，比炊烟的味道走得还远，就算她耳朵躲过，可是她鼻子躲不过啊。

伯母不是来我家发现秘密的，她是要向我和弟弟揭露这个秘密：我们的父亲，又，在干木匠活了。

按说，干木匠活也是一件稀松平常的事儿，不值得一惊一乍。问题是，我父亲不是木匠，只是个农民。他是个热爱木工自学成才的农民，这个木匠身份像是自封的，他没有师父，没有出身，也就不被当作木匠，自然没人请他上门做木工。这个自封的木匠身份，只有在下雨天这样的农闲时间才会拿出来一用。父亲天晴时是农民，下雨时是木匠，他的木工手艺仅限于给我们自己家修理或打制家具。所以父亲的木匠身份，不仅在时间上是断续呈现，在空间上也局限在我家小小的堂屋。

伯母笑对我和弟弟，说我们父亲又干木匠活了，那意思是我父亲又在不务正业了，而且还误了煮饭的正事。我和弟弟那时已经能感受到外人话语里的嘲笑口气，既有一种不悦，又有一种羞赧。我们为伯母揭露我父亲的临时身份而生气，那简直像在揭露我们自己，让人感觉我家里这飘散着木头香的空气是不合法的，我们的快乐是不合法的；我们羞赧，是为我们的父亲僭越了自己种庄稼的行当，而去玩弄一个不会引以谋生的木工。许多年后，我知道还有一个明朝皇帝，和我父亲一样热爱木工，他甚至把做木工当成主业，把做皇帝当成副业，朝廷诸事交由魏忠贤去办。但在我童年时，我暗地里其实也不太能理解父亲在一块块木头上进行创作的快乐。我似乎也被伯母的嘲笑所暗示和引导，认为我的父亲没有安守本分，父亲的本分就是做农民，晴天时做晴天的农民，雨天时做雨天的农民，他应该每时每刻都是农民。他应该在麦子、稻子和棉花上打主意，而不应该对木头打主意。木头那里的事不是他的本分，他在木头上花费力气就是越界。

伯母揭露完秘密，也吃完了碗里的饭菜，她需要回家盛饭或者洗碗去了。丢下满面绯红的我和弟弟，站在一堂屋的刨木花里，仿佛浑身充满漏洞的道具，游戏已经进行不下去了。我们坐到矮凳上，低头慢慢理着缠绕在脚踝上的刨木花，仿佛在清理身上残存的那些谎言。我们拉开一圈一圈的刨木花，有的有半个手掌那么宽，有的比筷子还要长一点，每一个展开的刨木花上都密布着细长的树木纹理，像蜿蜒的河流。我心想，父亲刨出来的刨木花真美啊——可惜，父亲不是个正统的木匠。虽然这些刨木花和那些正统的木匠们刨出来的刨木花一样芳香修长，可是它们依然显得形态可疑。如果父亲是个真的木匠就好了。我一边拨弄着脚边的刨木花，一边难过地想。

父亲做好了饭菜，踏着没到膝盖下的淡黄色刨木花，简直像蹚着滔滔洪水，将饭菜艰难地送到堂屋的餐桌上。我和弟弟，还有父亲，我们围坐三方埋头吃饭，默默无语。桌子底下也翻涌着刨木花，我们坐在长条凳上，悬空的双腿和长条凳的四条腿，都陷在这样轻盈的木头纹理织成的波浪里。我们像坐在浪花奔涌的洪水上吃饭，心里充满颠簸感。餐桌上还浮着许多极小的木屑，桌面的缝隙里更多，饭菜的香里也混着木头的清甜香、清苦香，我们吃饭，也像是佐着木头的无数颗粒在吃饭。我害怕自己吃着吃着，会变成木头。对面的父亲，头顶上，脖颈处，耳朵边，鼻孔里，也到处是木屑。父亲像是从一根木头里钻出来的，勉为其难，为我和弟弟烧饭，做一下我们的父亲。父亲很快还要回到木头上去。

我一边吃饭，一边偷偷瞟几眼父亲，心里隐约又有些心疼他了。

吃过饭，我抖抖书包，抖抖自己，抖掉所有的碎木屑，然后背上书包走出家门。我会在走廊尽头没有碎木屑和刨木花的地方停住脚步，狠狠地跺脚，好把我的鞋子底下沾上的木屑和碎木花全给震掉。我在踏上伯母家门前的场地之前，会在我家屋前泥地上先走上几步，确定我的鞋底不会再有碎木屑印在软泥上。我一边走，一边难过地想：我的父亲呀，我在替你一粒粒擦去那些被人嘲笑的物证哟。我能想象，如果我用沾满木屑的双脚经过伯母家门前，在鸡鸭的脚掌落在泥地的印子上，再一串串醒目印上我的脚印，那会是两大排用木屑写出来的睡倒的"八"字。这太触目惊心了！那等于是在昭告天下，我的父亲不守本分，在干着越轨的行径。我想象伯母一定在我身后指着地上的脚印，嘿嘿一笑，道："又不晓得搞什么名堂哦！"显然，我父亲是搞不出名堂的。

我小心擦干净脚底的碎木屑和刨木花，小心路过村里每户人家的门前，我努力让自己的脚印成为纯正的泥巴脚印，不带一点杂质。我不让我的脚印走漏一点消息，我把一个胡作非为的父亲细细掩藏在我家小小的堂屋里。

三

父亲打制出了一把小木椅。

他在那么多的雨天里，修理好了家中所有破损的木质家具和农具，终于放胆向制作家具发起冲锋。

一个又一个雨天，他有时在砍木头，有时在刨木板，有时在削木片……在那些分解动作里，我只看见一个农民带着对周围人的歉意坚持着自己的木工爱好。是啊，我们都没当真，我们都不相信也没指望他能制作出家具。然而，这个没有拜过师、没有正经学过一天木工的农民，当真就造出了一把椅子。

是在某个雨天，他完成了之前的分解动作之后，开始组装。榫卯连接椅子的各个部位，然后用锤子敲紧实——组装得天衣无缝。父亲把那把小木椅摆在门口，迎候我和弟弟放学归来。我远远看见那把崭新的木椅，端端正正坐在门框中间，简直像皇帝的龙椅一般充满荣耀。

那把木椅小巧可爱，浑身散发着粮食和草木混合的那种柔软甜香，椅背处有父亲精心镶嵌的三根小木柱，手指一般粗细，扇状排列，手指拨动时小木柱还会转动。我坐在小木椅上，脊背左右晃晃，那椅背上的三根小木柱便在脊背上滚动，仿佛在给我按摩，这正是父亲巧妙的设计。这把小木椅只比我膝盖略高一点点，我们的小屁股落下来，刚好铺满椅子的坐面，我确信，那是父亲专为我们小孩子打制的木椅。弟弟爱坐，我也爱坐，我们常为抢坐这一把木椅而推推搡搡，半真半假地吵闹。

我们常到伯母家串门，串门时还要带上这一把小木椅。不仅因为喜欢和炫耀，似乎还有一层意思，是要证明一些什么。证明什么呢？证明我不守本分的父亲也是一个木匠。伯母家的几个孩子也喜欢这把小木椅，我就起身让他们轮流试坐，然后收获夸赞。我从伯母家回来，自然也要把小木椅拎上。伯母常常看着我的小木椅说："阿晴，你爸爸只打了这一把椅子，怎么够坐？"我心里隐隐不悦，心想伯母的话实在是多，她似乎在揭露我父亲只是碰巧打出了一把椅子，再不会有什么新成绩了。也是，孤零零的一把椅子，让人宠爱之余，又生遗憾，总觉得有"未完成"之感。如果只是点到为止，没有壮观的数量来压阵，父亲就依然是个不老实不专一的农民，好好地种着庄稼，又忽然走神去刨木头。

我心里开始渴望雨天的到来。在湿漉漉的空气里，父亲躬身在木工长条凳上，哧——哧——，他的双臂一趟趟来回推动木工刨，仿佛在将一只木船推向大海，米黄色的刨木花一卷一卷的，像浪花翻涌，从他的手掌间迸溅出来。我心里无比期待父亲再现壮举。

父亲像是早知我的心意，终于又打出了一把小木椅。我和弟弟从此一人一把，天下太平。后来，父亲在雨天又打出了两把小木椅，这样我们家一人一把椅子了。我心里充满了骄傲，心想，伯母这回该无话可说了吧。我常常把四把椅子在门前门后摆成一长溜，和弟弟玩着小火车的游戏，一种货真价实的快乐，让我终于敢大着胆子晒出来。

我没想到，父亲采取农村包围城市的战术，他打好四把木椅之后，再度发起冲锋，开始打制一张小方桌。小方桌配上小椅子，一家四口围坐四方，这日子正经庄严得像古人重兵把守的四方城池。我想，伯母的嘲笑大约不敢再来犯了吧。

寻常雨天，母亲除了回娘家，便是玩骨牌。父亲打小方桌时，母亲大约也震惊了，觉得有必要重视起来，便放弃了自己的娱乐，在家给父亲打下手，牵墨线，拉锯子，对榫卯……父亲越发有成就感，他做木工时，一边干活，一边和母亲说笑，他的又白又大的牙齿上也常常沾着木屑。

有了小方桌，从此我们家吃饭，基本不在堂屋里的大桌上了。小方桌搬动轻便，特别是夏天，我们总要把它搬到室外。在洒过凉水去了热气的门前门后的场地上，白生生新崭崭的小木桌亭亭立在晚霞渐退的天空下，四把小木椅亲亲密密围在小木桌四周，天光还未暗，我们坐在小木桌旁吃晚饭，小木桌是明亮的，我们也是明亮的。这样的时刻，小木桌和小椅子散发着木头的香味，场地边沿生长的紫茉莉也悠悠吐着细细的芬芳，暮色从不远处的田野上一层层浓起来，暮色里也飘散着稻荷的叶香。

我们围着小木桌，也一寸寸沉进轻纱一样的暮色里。我们像是拥有了另外一种生活，是轻盈的，灵动的，吃饭在花丛边，暮色在饭碗里……回头看伯母家吃晚饭还挤在室内的大桌子边，就觉得那是一种很笨重的生活。

许多年后，我品味出那样的夏日黄昏围着小木桌吃饭的情景里充满花径与蓬门的诗意，但那时，我已经为父亲感到骄傲。

只是，父亲到底是卑微的。他是卑微的半个木匠，卑微地坚持着自己的木工爱好，又在我们家的重要家具的打制上冷静谦逊地住手。

记得那时我家起了新居之后，开始置办家具。父亲特意去江边的木材大市场购买木材，是来自山区的松树类木材，料子直，纹理缜密，木材格外芳香。木材运回家后，没几天，我家里就来了一个真正的木匠，是父亲请来的。这个木匠给我家打制了一张近三米长的高条几，一张大桌子，又给我打制了一张高低床。木匠打家具的时候，父亲有时出门去干农活，有时在家站在门边看着木匠干活，像个店小二。木匠收工回去后，父亲将刨木花里那些零碎的木头捡起来，收藏好，后来这些边角料被他削成了木钉。

木匠完工走后，父亲在雨天又开始做他的木工活了。他使用的木料不是木材市场上买的好材料，而是我家房前屋后的树。这些树，形貌大多不甚好，树上的枝节很多，便是这样的木材，父亲得来也很不容易。它们有的是父亲少年时就种下的，长了许多年，父亲一直在等它们慢慢长高长粗。这样的树砍倒后，父亲先将树干沉进门前的许家塘里沤上一年，他说这样沤一沤，打出来的家具就不会生虫子。沤过之后，艰难捞上来晒，风吹雨淋后接着晒，晒上一年，父亲就开始动工了。

在那些荒寂的雨天里，我放学回家，看父亲站在门口，就着雨天的迷蒙天光，对着一根长弯了的木材或者枝节密布的木材咂嘴沉思时，我小心地踩着刨木花，默默走过他身边，心里怀着对父亲的疼惜。我是在见证过那个给我家打制家具的木匠做木工活之后，再来看我的父亲做木工活，就觉出他的这一点理想主义的爱好有多卑微。他的木工刨从来没有在松树那样的好木材上推过，他使用的都是就地取材的材料，弯曲的，布满枝节的，有虫眼窟窿的。他不曾像一个真正的木匠那样可以在一个明亮的晴天里慷慨地挥霍时间，他的木工活只在潮湿逼仄的雨天进行。甚至他的木工工具，也是前前后后置了许多年，但依然不如人家的齐全。

即便是这样，父亲依然从一个农民身份里逃逸出来，以一个理想主义者的姿态，做着他的木工活，度着他的雨天。他后来又用我家房前屋后的楮树、桑树、榆树、柳树先后打制了四张大椅子，两个长条凳，两个小矮凳，一个鸡笼屋，一副固定的抵达我家平房顶的木楼梯，一张书桌，一张弟弟睡的床，一扇厨房门，两扇杂物间的门……

在父亲做木工的那些潮湿的日子里，父亲在堂屋哧哧地刨着木头，我在房间里他打制的书桌上沙沙地写着作业，刨木花的香味从门缝里挤起来，在我的脸边软软地荡漾……我在心里敬重父亲，并且感受到，即使在贫乏的环境里，依然可以做一个理想主义者。

父亲是个农民。他曾怀着歉意，背负嘲笑，自己给自己重建了另一个身份——木匠。

他把晴天给了种植，把雨天给了木工。他在晴天解决粮食和生存问题，他在雨天建造他喜爱的木头世界。晴天的父亲加上雨天的父亲才是完整的父亲，才是与众不同的父亲。

那么多的刨木花，如果可以像诗词一样划分体裁类别，那么有的是绝句，有的是律诗，有的是长短句。有的婉约，有的豪放。长的，宽的，窄的；甜香的，苦香的，野草味的，泥土味的；米白色的，琥珀色的，浅棕色的……那么多的刨木花，都是从他手掌里蔓延出来的诗意。

诗意，常常是不安守本分的。

许多年后，我在逼仄的环境里坚持自己的追求。我常在黄昏时对着幽暗天光，细数内心的潮湿。可是，当我翻开书，低头嗅闻书页间干透的木浆味道，便仿佛在跟做着木工活的父亲重逢——我们都在创造着各自的刨木花。

南方多雨，父亲给我做过一双木屐，让我雨天行路用。我不常穿，但是喜欢。

奔向文学的大海，那里潮声响亮

在潮润的沙滩上，刚出生的小海龟一钻出松软的沙土，便一步一步朝向浩瀚的大海，那里潮声响亮，日色倒映在蓝色的水波上。写作对于我，便是一只稚嫩的小海龟朝向蓝色大海的奔赴。

早在还不识字的懵懂幼年，有一次和姐姐捉迷藏，我躲到帐子后面的一个大橱上，大橱前面还垂挂着一幅长长的湖蓝色布帘子。在等待姐姐找我的窃喜里，我摸到大橱上一个小木箱，那是四四方方的一个木箱，枣红色，平时没见家人打开过。我好奇地打开小木箱，往里面一摸，竟然摸出来几本书。我心里一阵莫名的狂喜激动，像遇到一个新奇的世界。我胡乱打开书本，将我的一张小脸埋进书页里，我闻到了书的香味！它不同于植物的香，不同于瓜果的香,也不同于衣服的香,它的味道如此陌生,可是,它就是香。这个情景我多少年不能忘去,似乎那一次游戏中无意间摸到父亲的旧书,便是我文学创作最初出发的青草地。此后人生几十年的行走,只是像那场游戏中的我一样,是一次又一次于无意中向书籍的甜蜜贴近。

那箱旧书是父亲少年读书时用的,后来父亲辍学,学手艺,结婚成家,十几年过去,那箱旧书一直伴着父亲。即使父亲不再翻看,但是父亲依然珍重保存它们。父亲是爱书的人。父亲的这种爱,像空气里流溢的花香一样,自然而然地落到我的身上。我后来也成了爱书如命的人。

父亲保存一箱旧书,冥冥中似乎就是为我的人生凿出了一条通向写作的幽径。此后我像父亲一样,喜欢所有有字的纸张,喜欢在所有有字的纸张前停留,阅读,咀嚼,想象……识字以后,我读家中墙上张贴的戏剧连环画,读父亲和远方亲友的来往信件,读民间老旧戏曲的唱词,过年时读人家的春联,平时读同学间流传的小人书……连百家姓、老皇历之类,我也读得津津有味。在二十世纪八十年代末期,在读物并不丰富的江边小镇,在我的寂寞童年,我像一棵细弱的攀援类植物,把自己所有的藤蔓袅袅伸向每一张有字的纸,我的生命汁液沿着它们欢快奔腾。

上小学时,我的作文几乎每次被老师当作范文来读给全班同学听，还常常被老师张贴在教室后墙的"学习园地"上，下课时，经常围着别的班的同学在那里读。每每这样的时候，我的心底像有一股清甜的泉水从草木山石深处渗透出来，我的欢喜是深长的，它会在我心底流淌多日。我只是用一支稚嫩的笔，在作文本上细细叙说了我的所见所想。我只是努力说得形象一点，好让读的人身临其境，能够真切感知到我的喜怒哀乐。而这小小的努力和分享却让我得到如此之多的赞誉，写作真是幸福的事情！

然而，我人生的第一个理想却是长大后要当一个黄梅戏演员。那时，我还不知道世上还有作家这个职业，我以为所有的书都是来自印刷厂，却不知道印刷厂后面还有提供文字内容的作家。那时，父亲喜欢黄梅戏，他和亲戚朋友在一起聊天时经常提到黄梅戏表演艺术家严凤英，他还常常跟人说起自己在安庆观看黄梅戏《女驸马》《小辞店》的情景。那时，安庆在我看来，是一个遥远的地方，要坐船沿江而上，一天方能到达。我渴望抵达父亲的远方，以为长大了唯有唱戏才能去往远方，唯有唱戏才能赢得别人对我的喜欢。那时，母亲养了六只大白鹅，夏天的早晨，母亲喊我起床，要我将六只大白鹅赶到田埂上去吃草。我就赶着摇摇摆摆走路的大白鹅往田野上去，在露水瀼瀼的清晨时光里，我一边看着大白鹅吃草，一边听着乡村的大广播上播放《谁料皇榜中状元》之类的黄梅戏经典唱段。

在看着大白鹅、听着黄梅戏的童话般时光里，我悄悄生长，长成一棵青绿宁静的水生植物，根植僻静的水乡小镇，与世界有着遥远的距离。

上初一时，我读到了席慕蓉的诗歌，一时喜欢得要命，仿佛海峡对岸的一个女诗人隐隐与我有了关联。我在她的诗句里感受着她的叹息和吟唱，即便我身在家乡，却能够通过诗句与她在思乡情绪上同频共振，仿佛我们共用一个心脏。文学是这样奇妙，文学让世界变小，让陌生的心灵紧紧相贴。在许多个斜晖脉脉的江村黄昏，在虫声唧唧的乡下夜晚，在昏黄的灯下，我在抄录席慕蓉的诗歌。《七里香》《无怨的青春》……这些装帧精美、语言古典自然的诗集一下照亮了我，就像一树桃花照亮一个村庄一样。在阅读、抄录席慕蓉诗歌的过程中，我也开始写诗。我慢慢远离了大白鹅和黄梅戏，成为一个喜欢借助描绘日月草木来表达内心情感的敏感少女。

心情低落时，我写小诗，写秋天凋残的荷叶和旷野上的枯木；对未来迷茫时，我独自坐在我家的平顶房顶上，遥看田野上暮霭升起，大地渐渐沉入深不见底的暗淡天光里。我在诗歌里感叹岁月如同茫茫大水即将向我汹涌而来，而生命的这一叶小舟明朝将会停泊在哪里。我追问什么是短暂与永恒。

除了读席慕蓉，后来又读到余光中，读到三毛……

那时，最喜欢逛的不是小镇上的服装店、食品店，而是新华书店。新华书店很小，里面卖的书也极少，在那些关于庄稼种植、家畜饲养的书本里，我发现了一本蓝色封面的小书，书名叫《散文奥秘探寻》，于是毫不犹豫买了它，那差不多是花掉了我两三个月的零花钱。在这本小书里，我读到了诸多散文名篇，也了解到散文写作的方法技巧，这些文字像灯塔一样指引着我后来的散文写作。

循着这些现代诗歌、现代散文，我学会了逆流而上，从这些诗歌、散文中蕴含的古典美出发，寻找这些文字的源头。慢慢发现，好的文字不仅来源于对生活的观察、体悟、思考，也来源于对文学经典的阅读、积累和生发。

初二和初三时候，我一边读三毛，读琼瑶，一边读宋词。我又开始抄录宋词了。苏轼的《江城子·十年生死两茫茫》让少年的我感受到生死相隔的悲怆，感受到思念的无涯和人情的真挚恒久。而李清照的《如梦令·常记溪亭日暮》又让我看见了少女时光的清澈活泼，我想，也许我日日度着的这个寻常的少女时光，多少年过后再回头看，一定也是如画一般美好。少女的我，何尝不是活在画中、活在诗中呢？

也是在这个阶段，我的心底萌生了第二个理想，那就是长大了要做一个作家。我希望自己的文字既能被身边的熟人读到，更能被远方的陌生人读到，那将是无数个我走向远方，去晤面无数个他和她，这应该是一种极其美妙的经历。

写作，可以穿越时间，穿越空间，抵达他人，也抵达世俗之上的自己。

可是，到初中毕业前夕，我的作家梦搁浅了。我意识到，当个作家实在是个遥远的事情，而升入好的学校才是我当下最为现实的目标。我的梦想由作家变成了当一个老师。初中毕业，我升入一所中等师范学校，成为一名师范生。毕业后，毫无悬念地，我走上讲台，成为一名语文老师。像我当年的老师引导、鼓励我写作文一样，我也以我的方式引导和鼓励我的学生。

没想到，在指导学生写作文的过程中，我又慢慢发现那个依然热爱文学、热爱写作的自己。随着一篇篇散文的发表和获奖，这一回，当个作家的梦想再次在我心底绽放。2008年，我出版了第一本散文集《一碗千年月》。

2018年，我离开将近站了二十年的讲台，成为一名专业作家。临去之时，既有欣喜，也有不舍。欣喜，是因为终于可以有充足的时间进行文学创作；不舍，是因为我在这里收获着师生情，也收获着自己在文学路上的成长。

其实，在这段奔赴文学的道路上，我还有一段插曲，那就是对舞蹈的热爱。我在师范学校读书时，偶尔去学校阅览室看文学书，但更多的业余时间却是花在舞蹈上。后来，班级联欢上，我和兰儿跳了一支古典的敦煌舞，赢来同学们的热烈掌声，我们就更有成就感了，于是学舞的热情也愈加高涨。而文学，则成为一个不远不近的朋友，被我暂时冷落。毕业后，工作之余，我依旧热爱跳舞，直到有一次在一场演出后我忽然发现，舞台不是我的久留之地，只有写作才会成为我至死不渝的恋人。

从此，一心一意地写。岁月匆匆，生命有涯，我该做的事是，认识到自己的有限，然后选定一个方向，心无旁骛地走下去，如此方能走得远。如今回头看去，我依然庆幸自己十几年前的选择。

可能许多人都没想到，在我四十六岁这年的九月，我又成了一名学生，一名北京师范大学文学院的学生。是的，我考研了。我报考了鲁迅文学院和北京师范大学联办的文学创作研究生班，为此，我花费了三年的时间。我是考了三次才考上。第一次考，英语短腿，第一关笔试就没过；第二年发愤学英语，笔试过了，面试没过；第三年，笔试一结束，我就积极准备面试，终于三战成功。

近二十年的写作，既有收获，也有压力，在文学这条长路上，我越来越发现自己的卑微和渺小。于是，一个声音在我人到中年时的心底反反复复响起：我需要成长！我需要成长！

我需要打碎自己，清空自己，成为一名学生。像一根扦插植物一样，将饥渴的根须深扎到潮润的土壤中，让自己重新发芽，长叶。让自己再出发。

研一的上学期，在文学创作理论与实践课上，老师一周给我们布置一次同题作文，然后在下周的课堂上再点名给老师和同学们分享自己的作品。有时是散文，有时是小说，每个同学都极其认真地写。于是，在上学期，我们都保持着一周写一篇文章的频率，少则三五千字，多则上万字。这种强度的训练，在我之前的写作中不曾有过，这于我，便是一种挑战和突破。

许多个上完晚间课的时光里，我迎着北京微凉的夜风，行走在校园的林荫道上，我想着自己是个四十六岁的学生了。面对眼前匆匆来去的年轻学子，我想到我的年龄和他们的父母一般了——我是很老了罢？我自问。可是，当我将自己的身影也融入他们匆忙的身影中，我和他们一起赶去教室，赶去食堂，赶去图书馆，在这样的追赶中我没有落下步子，我又觉得自己也是年轻着的。我是轻盈的，我是热烈的，我还保持着对知识拼命吸收的状态，还保持着对写作赤诚热爱的劲头。我的血液里，还奔腾着一股向上的力量。

我像一个在森林里采蘑菇的小姑娘，偶尔低头欣喜地看看自己篮中的宝贝，不论美丑，它们都是我汗水的结晶，我自珍爱。近二十年的写作路，我怀着对文字意境美、音乐美的追求，对情感真挚深沉的追求，对语言灵动清新的追求，写下十四本书，这是我用文字在我的岁月里留下的脚印。

所以，在我心里，文学永远是一个蓝色的大海，有着洁白翻腾的浪花，有着逸远绵长的海岸线。而我，永远是那个才从潮软的沙土里爬出来的小海龟。涛声阵阵，潮水的气息如远如近，日日夜夜召唤着我。

向着文学的大海奔赴，那里潮声响亮。只要我一刻不停，向着大海，大海就是我的了。而我，也是大海的。

第三辑

山河遥远

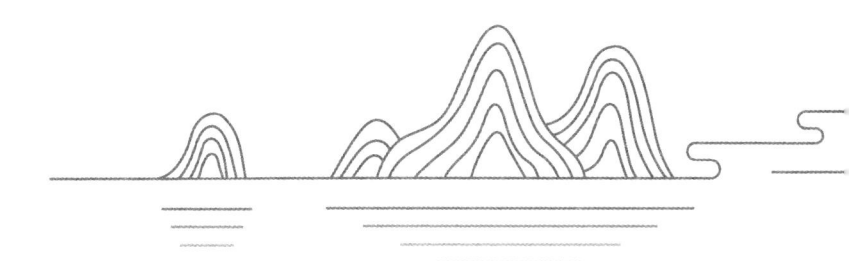

少年读

回眸处,是一段葱绿葱绿的时光,潭水一样宁静,又青草一样蓬勃。那是一段悠长的少年时光,沉湎于阅读的时光。

唐诗,宋词。《红楼梦》,《简·爱》。席慕蓉,三毛。是那些美妙的书香将我的少年岁月浸染,浸染得有了与众不同的意味。每每回忆,内心充满感激。感激岁月年华,感激文字。

犹记当年读宋词。读李清照,"花自飘零水自流,一种相思,两处闲愁。此情无计可消除,才下眉头,却上心头。"读得眼前水雾迷蒙,心儿无着无落的,一时间也惆怅不已。那一个少年的人呀,也化作了一片薄薄的素白的落花,在晚风里,在流水上,到了远方。后来又读苏轼,读到"大江东去，浪淘尽，千古风流人物"，再去看外婆家门前的浑浊江水，全然又是另一种景致。长江多老啊，那么多樯橹灰飞烟灭的往事，都在江水之上演绎。从此，我看到的长江，不再只是空间上的长江，更是承载着厚重历史的长江，是飘散着酒香墨香的长江。它苍茫，雄浑，深邃，风雅。

大雪天，读《红楼梦》，真的是拥炉夜读啊。寒假一开始，就借了《红楼梦》回来。晚上，母亲早给准备了个手炉，是那种红陶的手炉，里面盛了碎碎的炭。手搭在手炉的拎手上，书也搁在上面，一夜夜地翻阅，连书也添了木炭火的香。就着那一炉温暖，一个寒假，读一本传说中的《红楼梦》。读到黛玉焚稿，然后病死，一时悲痛不已，手炉也不要了，只歪在枕边无声大哭，泪湿枕巾。窗外寒风萧萧，是深夜，只觉得满世界苍凉空旷孤独。再读不下去了。一部《红楼梦》，写到黛玉之死，就可以收尾了，再不必写了。那时这样以为。换夜再继续读，又读到宝玉出家，茫茫的大雪，雪影里一个人，在船头躬身拜别父亲。这一回，倒没落泪，可是心上却是闷闷沉痛好久。是岁末，窗外也是大雪，月光下，一白到天际。回头体味文字里弥漫的那种辽阔无涯的哀伤和空寂，仿佛没懂，又似乎懂得了。

后来，又抄席慕蓉的诗歌在小本子上，一首又一首。书依然是借来的，《七里香》《无怨的青春》，好几大本诗集，抄得满心欢喜又沉醉，哪里嫌累！然后，自己的枕头底下便多了个湖蓝封面的本子，那里面有我写的诗歌，席慕蓉体的诗歌。偶尔借给体己的女同学看，她也给我看她写的诗。我们像两只幸福的老鼠，偷偷分享各自的文学青果。在被窝里，打手电筒读三毛。撒哈拉沙漠在哪里呀？荷西是个大胡子的男人，真的很有魅力吗？长大后，我们也一道去远走天涯吧！那时，我们两只文学的小老鼠已在密谋大计。内心有小甜蜜，嘴巴上不好意思说，其实心里都想到那远走天涯的队伍里，一定会添加新成员，他是我们各自的荷西。他要不要也是大胡子呢？再想想，再瞧瞧……

　　如今，回头想这些读书的琐碎细节，一个人在一本书里活了几辈子，大悲大恸大欢喜，小忧小愁小甜蜜。就这样长大了，内心丰富了。合上书页的那刻，沧海桑田；窗外阳光刺进来，啊，世上已千年。

　　是啊，世上已千年。每每看到现在的孩子有那么丰富的课外读物，我总禁不住心底一叹。当我在一所中学自编的校本教材《文海撷英》里，又看到了那些喜欢的文字时，忽然有一种血液倒流的激动，仿佛回到青涩年少。

第三辑　山河遥远 | 197

"唐诗四季"，"魏晋风度"，豪放派词，婉约派词，《红楼梦》，《简·爱》……看到这些自己曾经喜欢、一直喜欢的文字，仿佛在单调无聊的长路行走中，看到一处深谷碧潭，看到一丛篱下白菊，看到春水涣涣处云生，看到青草离离处鸟飞。

不提繁弦

慢慢心懒。慢慢，就不喜了那些急管繁弦的浓烈与热闹。

多年前陪孩子看电视剧《西游记》，看到孙悟空重回三星洞，寻找师父菩提祖师的情景。一别再回来，眼前已是人去楼空，破败的蛛网飘荡在风中。孙悟空一句又一句"师父"地呼喊着，只是不复见人面。那一刻，我泪湿，因为成年人会明了：聚之后，是长久的离散。

孙悟空寻师父不见的悲伤，想来孩子那时也未必能懂。这样的悲伤，戏里也没有急管繁弦地去用力表现，只有悠扬的箫管之音，衬着悟空含泪的双眼。这样的表现手法，有余音绕梁之效。这也是中年人的手法。避免锣鼓喧天，避免直面相对，往往能以一胜百。

从前，似乎是喜欢急管繁弦的浓烈。喜欢有浓度的生活。一瓢子舀下去，捞上来的是密密匝匝的欢歌笑语。

还记得读小学时，数学老师为了激励我们挑战有难度的课外数学题，许诺大家做完了题他便给我们讲一段《西游记》。他讲，孙悟空当初拜师要学长生之术，师父愠怒，用戒尺在他头上敲了三下，聪明如悟空，当下便明白须三更时分再去拜师。果然师父在等他，自此传他七十二变的本领。

我们那时，攻数学题也如学七十二般变化，又兼后面会听到嘭嘭嘭打妖怪的故事，别提多欢了。那时，也多想做孙悟空。铙呀钹呀琵琶呀，日子响亮。看我降妖除魔，看我七十二变，看我一个跟头十万八千里，看我生命不息战斗不止。这大约也是一种急管繁弦的人生。而数学老师似乎也没讲过有一天孙悟空闯了祸，推倒人参树，再转身千里寻师而不见的情节。现在想，即使老师说了，我那时也未必上心。

心恋着高处的繁弦，哪里听得见低处的悠扬。

有一年夏日，在朋友家听她女儿弹古筝曲《林冲夜奔》，像有一万匹马在夜色里奔突。我知道，那些稠密的音符，是一个末路英雄，是一个中年人，心里长出了一万匹马，长出了四万只脚，在狂奔，狂奔……恍惚间，耳边眼前，仿佛簌簌飞着雪。

这样的曲子，听了令人胆寒。我实在害怕人间的脚步走成大弦小弦嘈嘈切切续续弹的局面。同样是古筝曲，我更愿意听《美女思乡》，一弦一柱，轻拢慢捻，说说停停，说那芳草有涯而故乡情无涯。

年轻时，也许有这样的豪迈和胆气："店家，上一盘大肉，来一壶烈酒。另外，再来一曲《林冲夜奔》！"

如今，害怕热闹欢聚的场面，害怕浓酽不化的情意，害怕姹紫嫣红、花开到盛，害怕……

害怕急管繁弦的奢华与隆重。

也害怕自己哭。

愿意把泪水细细地磨，磨成迷离的水汽，让它弥散，弥散成咸湿的空气，弥散成一个人的雨季。

日暮苍山远

读唐诗,读到"日暮苍山远"。彼时天色欲暝,心底冷泉一般沁出来的尽是幽渺难言的中年如寄的心情。

日暮苍山远,天寒白屋贫。柴门闻犬吠,风雪夜归人。

是日暮苍山远啊!在日暮时分,在连绵的苍山对面,谁人,忽生了苍寒的远意?

我也是。在岁月的路上,在中年,抬头已见红日渐沉,而苍山如海,还在遥远的前方。那样的高度,今夕已不能抵达。

在未至中年的那些锦瑟年华里,我曾读过那么多有关"日暮"的诗句:"日暮乡关何处是?烟波江上使人愁";"移舟泊烟渚,日暮客愁新";"山中相送罢,日暮掩柴扉"……那时虽觉诗句间有凉风，但到底未解其中的清哀。只有到了中年，到了晚风萧萧吹拂华发偷生的中年，才蓦然惊觉自己已踏上"日暮"归去的逶迤小道。才知道，我行走的这一条长路，太阳也会，一点一点，一点一点地落下去。暮色苍茫，山川静穆不语，我不得不面对低头寻找投宿处的命运。

记得，头上的第一根白发被发现时，我的仓皇与震惊。面对那第一根叛变的头发，我是几乎含泪颤抖地跟家人说：帮我扯掉它！

"白发总会生的！"他在镜子边安慰。

"不可能！不可能！"我还没做好生白发的准备；潜意识里，我以为白发永远只会长在别人的头上。

还想学门外语漂洋过海呢，还想卷土重来认真地谈场恋爱呢，还想……可是，华发初生。是啊，抬望眼，还有那么多的春天没有晤面，还有那么多的山川没有跋涉，还有那么多的远方没有抵达，可是，走着走着，日暮了。真的日暮了。苍山隐隐，笼罩在暮霭里，那么远，那么像梦。不甘心。不甘心，也是日暮了。

是日暮苍山远啊。一路穿村过店，睥睨红尘，可是一颗心终于在日暮前，放低了海拔高度。总要收了脚，收了心，总要借一座宅院来投宿，来安排这黑暗下来寂静下来的时光。总要归于庸常，低眉在烟火俗世里，因为要老了，要老了啊。

再远的旅程，都要在时间面前，在宿命面前，慢慢掐短，直至掐断。

"天寒白屋贫"，曾经那么慷慨昂然的步伐，终于要停在一座贫寒茅屋前，小格局地，清寒不尽地，收拢一颗奔走远方的心。此刻，才知道，韶华的华冠一去，我不是君王，不是江山无疆。我是个旅人，日暮不得不投宿的旅人。躬身叩门：借问可宿否？在此天寒之际，在千山遥遥的尘世，只此一间低矮的白茅覆顶的小屋。

我以为，人生就这样了：你有壮心，可是已经日暮苍山远；你要面对现实，认领的是这天寒白屋贫的命运。人生的低回婉转都在这日暮之后的时光里，在这局促寒冷的乡野柴扉之后，在漫长的清寂无伴的空旷里。

可是，我怎么会知道，夜深之时，柴门外犬吠声起。簌簌，簌簌，吱吱，吱吱。谁人的脚步，从风雪深处一点点贴近，停在这扇柴扉面前？

是风雪夜归人。

他推门，进屋，一身清冽之气。他解下覆雪的斗笠和蓑衣，抖了抖碎雪，将它们挂于墙壁。他生火，煮酒，邀我同饮。我不知道，他是这芙蓉山的主人，还是和我一样，也是一个投宿白屋的旅人。

我们喝酒，说风雪之大，说苍山之远，说山中空旷人烟稀，说日暮途穷的不甘心。说着，说着，我们都像是这山中的主人，又都像是这冰雪天地之间的来客。

在日暮之后的冷冽阒寂时光里，还会得遇一人，与之共饮这夜半时的浊酒，这风雪载途时的无边孤独。

在红尘之中，在我们并不辽阔的生命里，原来还有这样一个风雪夜归人。他是我最亲最近的人，他先于我偷生华发，懂得我面对垂暮渐近时的惶恐不安。他是春水渡船上的过客，与我偶然相逢，只此一遇，便如佛前那拈花一笑。他是我流连书页时，仰望的那些伟大而孤苦的灵魂……我和他们，都活得空旷遥远，都壮志未酬。

我泫然欲泣的感动是，在日暮之后，未抵苍山，却得遇归人。

孤而美

人世间，有许多际遇，许多人与事，是只此一回，只此一个。再美好，也无法重复。这样的际遇和人与事，在我们的一生中，成为孤绝的风景。他们孤而美，像孤品。

王羲之写《兰亭序》，不论是文章辞采，还是书法气象，都绝美到令人叹恨。但是，《兰亭序》那样的文章和书法，在王羲之的人生里，也无法重复。三月三年年都有，文人雅集也有，好风好日的好天气也有，但文章和书法不会再来一个姊妹篇什么的，《兰亭序》就永远是独一无二的《兰亭序》。

看大漠胡杨，尤其是深秋天，那些胡杨像站在世外一般，有一种庄严凛冽的美。沙漠是金色的，夕阳是金色的，胡杨也是金色的，让人想起苦难和孤独也可以像金色的胡杨一样辉煌。

　　我在朋友拍的胡杨照片里流连，每一棵胡杨，都是几百年，独自在风沙里。每一棵胡杨，都是枝干苍老遒劲，满布沧桑，与众不同。每一棵胡杨，都是植物世界里的一个古老国度，苍老树色和斑驳伤痕成为荣耀。

　　江南的烟柳在三月的细雨里吐露幼芽时，塞外还是苦寒。江南的竹树在多雨之夏里绿树荫浓时，沙漠地带还是干旱。但是，胡杨还是生存下来了，一年一发。即使，它们枝干断折，残余的根和干依然是一道风景，让人惊叹生命的粗壮。因为，它们永远独一无二，不可复制，不是随便就能相遇的。

　　看大漠胡杨，常常被一种绝世而去的孤美惊倒。

　　到安徽淮北去，在无垠的麦地尽头，有一处文化遗址，叫柳孜隋唐大运河遗址。我站在发掘的古大运河的河床边，看到一只沉船，泥沙沉积于船舱，旁边一根桅杆将折未折。船舱外的淤泥里，破碎的蓝花瓷片这里一片，那里一片，仿佛守望的眼神。我在古运河边，静穆肃立，久久无语，只觉得千百年的时光仿佛又化作了运河流水，从心上湍湍流过。

　　当一种已经流逝的文明，以碎片的形式存于文物保护的玻璃之下时，我们依然会为它惊艳到眼底有泪。它们也是，无法再生，不可复制，成为孤绝之美。

许多人，路经我们的生命，像旅客。我们和他们相处的时候，以为会一直肩挨着肩在花木葱茏的世界里走下去，走下去，春天不会老，我们也不会老。我们以为，即使离别，转身又会彼此看见，欣然而笑。可是，慢慢，慢慢，我们发现，有些人一转身，就是再也不见。有些人，也是生命里的孤品。

十几年前，我在南方学舞蹈，结识了一帮爱好舞蹈的朋友。离别时，我们互留了地址，当时以为还有后话。十几年过去，我早和他们音信杳然。不止未见，连联系方式也在辗转搬家中丢失。现在，即使重逢，我怕连他们的名字也叫不出来了。

我整个的童年几乎是在姨娘的怀里度过的，她不是母亲，却给了我比母爱还要丰厚广大的爱意和温暖。二十世纪八十年代，她给我买大红的方形丝巾，让我在春天花开欲燃。她教我唱歌，唱《回娘家》《小草》之类的那个年代的流行歌曲。她牵着我去照相馆，我们一起拍合影照，很亲昵的样子。

后来，我们家的相框里，我和她的合影照，只露出有我的那半张，有姨娘的那半张被母亲遮起来了。姨娘在我童年刚刚结束时就离开了我，永远永远离开。外婆去世入土时，我们送葬，经过姨娘的坟前，坟上青草萋萋。我看着那些青草，记忆忽一闪，全是跟姨娘在一起的十来年的旖旎风光。可是，细细一想姨娘的模样，已经想不真切，记忆里她已模糊成一个年轻美丽的背影。

日本作家川端康成的小说，有一种孤而美的气质。我喜欢《雪国》，就觉得，在冰冷清冽的世界里，一个人往远方去，大地上留下脚印，又被雪抹掉。也很好。

世界太热闹了，我要留一点忧伤给自己，留一点落寞给自己。我要一个人孤零零地凋零一会儿，不要快乐来修饰。保持一种孤而美的状态，像老井，不溢，也不枯，清浅地晃着后半夜的月光。

名词，动词，形容词

　　初写文章，喜欢积攒形容词。好像兜里装了几个形容词，自己就可以像暴发户一样偶尔嘚瑟，最起码，出来写几段文字时心里不慌张。形容词可以帮我们撑面子、撑场子。

　　有几个文友，早几年，直言自己喜欢哪几个形容词，自然，写文章时，会不时端出那几个鲜艳的形容词来待客。我从前也热爱形容词，喜欢用"薄凉"之类，一用再用，现在回头看，总有些羞赧。

　　形容词很虚妄，是飘的，无根，不及物。它华丽，但空洞，只能用来修饰句子，修饰初写的笔。它做不了主干，成不了主角。最要命是，它可以到处修饰，傍谁的肩，都亲昵。

如今偶读一些新手的文章，劈面就是成片的形容词，堆砌万里长城一般，就会想到曾经的自己，就会莞尔。这样的文字，我一般看不完。

形容词要节制着用。

满头戴花的是傻村姑。闺秀只一朵，又孤又美。

以前交朋友，容易对形容词一样的朋友上心，他们快热，一见面就跟自己很亲似的。他们习惯赞美，让人总是以为：原来如此懂我啊！一转身，他们又如蝴蝶般翩翩地去别处热闹了。

现在，面对这样的形容词朋友，会以礼相待，但也仅仅到此。谁说的，如果你给我的和你给别人的是一样的，那就不要给我了。

玩得转动词的是江湖高人。

一回旅游，一帮子朋友在大巴车上，旅途无聊，于是想点子来乐。朋友小氓虽一介女流，却奋勇站起来，提议每人说一句情话，比谁说的情话最肉麻。于是说情话游戏从小氓开始，按座位顺序依次从前往后说，平时羞答答的姐姐妹妹们，这一回也大着胆子红着腮帮子说些"想念"之类，大家觉得不过瘾，不够肉麻。这时，一位叫陈荣来的新朋友站出来，接过话筒，一本正经地说："看到你，我真想cha一口。"这里我用上拼音cha，因为字典里根本就没有第三声的cha。cha是我们当地的方言，一般形容畜生很凶猛地一口下去，很解馋地啃吃着食物。陈荣来说过，车厢里哄然大笑，我当时笑得眼泪出来。第三声的cha用得太生动太鲜活了！

动词就是这样，一个词救活一段文字，救活一篇文章。一个词，能读得人热血沸腾、青筋暴起；一个词能读得人柔肠缠绵，三生三世不能忘。

鲁迅写小说《孔乙己》，小说里，穷困落魄的小知识分子孔乙己第一次出场时，在咸亨酒店喝酒，结账时，他在手掌心"排"出九文大钱，一个"排"把一个小人物多少丰富的内心世界给扯出来了。还有小说后面，孔乙己最后一次出场，已经残疾的他喝过酒付账，已经是"摸"出四文大钱。这个"摸"让人想到多少内容啊，是更穷了，彻底的穷困，彻底的凄惶……

动词，玩的就是一招致命。没有太多的废话饶舌，没有虚张声势，只出手一次，让你疯狂，或者让你灭亡。

在用得绝妙的动词面前，我们是虾兵蟹将都算不上，还妄图兴风作浪，只觉得惭愧。道行不够啊！

恋爱的状态是动词，回忆的状态是名词。恋爱，是那人的一句话、一个眼神、一个不经意的小动作，就足以令自己万劫不复。回忆不一样，燃烧过了，生死诸劫也闯过去了，看自己，像看另一个人，像看玻璃里压着的旧照片。

名词是世外高人。有一天，脱下满身珠光宝气的形容词，也弃了闪电般的兵器闪电般的动词，都不留恋了，一身素衣，隐于市井、山林、水滨。这是名词的状态。

张岱的《湖心亭看雪》，形容词极少，也无多少动词来施展身手，但是，文章却美得空灵坦荡，无人可比。

热爱形容词和动词，或者是内心火气重，或者实在是功夫了得，但是，当正经用起名词时，内心已经是不争的状态。因为不争，所以气息平稳。

慢慢会信赖和依赖名词，朴实，可靠。即使需要修饰，也是名词出场，早年喜用"薄凉"，如今喜用露水和晨霜，就像煮茶叶蛋时，用老莲蓬代替酱油来给鸡蛋上色。

信赖名词了。就像情话，到极致处，只是朴素。别人赞美你，思念你，我只拿你当亲人。

名词的时光，是贝壳，草，棉麻；是素颜，静默，接纳与包容。

绣

绣品是慢质的东西。一针一线，里面都是时间。

杜丽娘那样的时代是慢的。一整片的青春时光，只够绣一副嫁妆。十二三岁就动工，绣到出嫁。

上午诗书，或不侍弄诗书，但下午是一定要做女红的。摆出绣架和花绷，扯平一方染了底色的绢绸，五色彩线都合了股……绣上襦，上襦是交领，不能太单调，要绣上花花朵朵枝枝蔓蔓才好。桃花三两枝，荷花一二朵，青叶六五片。衬着里面的白色领子，春光繁盛。裙拖六幅湘江水，这么大的裙摆！还嫌不够，扯到八幅，到十幅。从秋香色到素白，风一吹，似水波荡漾。怕太轻了，在裙幅下绣一条窄窄花边，压压脚。再不行，再在腰间挂一根串了玉佩的宫绦，来压压裙子。

春天的襦裙几套，夏天的襦裙几套……还有秋天、冬天的绣花鞋子。婚后多少年的穿用，都先缝缝好绣绣好，储存着。青春存不住，衣服尚可。

将来的夫君，他的衣服还不好意思绣。即使绣，只能遮掩着绣两段布，还不裁，叠放在箱子底下。绣绣家具器物上用的绣品吧。枕套，靠背，椅搭，坐褥，茶垫，箱子柜子上搭的，桌子凳子上铺的……绣并蒂莲，绣红鲤鱼，绣鸳鸯戏水，绣孔雀开屏，绣喜鹊登枝，绣龙凤呈祥，绣岁寒三友，绣竹报平安，绣花开富贵，绣松鹤千年……

单面绣。绣到痴绝处，双面绣。一块布料，正反两面是同样的花和蝶，同样的鱼和鸟，同样的花开和翔舞。一天的时光，也许只够绣一只鱼尾，或者一对鸟翅。选用丝线，只有丝线的光泽方能表现鱼鳞和鸟羽的光泽。一副绣品从花绷上取下，端详看，毛羽鳞鬣之间，皆是时间啊！

苏绣，粤绣，蜀绣，湘绣，京绣。花木草虫，山水鸟兽，或光滑细腻，或生动有神，或立体感强，或用色辉煌耀目……哪一件绣品里的时光不是慢的！哪一件绣品不是千针万线！

贫寒人家的女儿，不仅要绣，还要织。绫，缎，绢，锦，罗，纱……煮茧，抽丝，合股，上织机，要迎送多少个朝暮，才能织出这样多的丝织品！还要染色呀。染红：

大红，水红，莲红，桃红，木红；染绿：草绿，豆绿，青绿，孔雀绿……养蚕采桑且不提。一整个青春，都为绣而忙，为一件件光彩灿烂的绣品而忙。一整个青春，只有这一个主题：绣。时间在这绣里慢得好奢侈。

《红楼梦》五十三回写到一个人，叫慧娘，姑苏人。正月十五，贾母领子孙们家宴，摆了十来席，席边设几，几上焚香，一派祥和团圆之气象。在这里，曹雪芹借贾府的元宵宴，引出璎珞，又引出那苏绣璎珞的制作者慧娘。曹公在这隆重的元宵宴席之间，来为一位只活到十八岁的苏绣女子慧娘作传，不惜笔墨，不吝赞美，让人想见苏绣之美之雅。苏绣那么美那么艳，让人不仅看见时间在针线里繁复绵延，还看见，青春那么短！是啊，与一件绣品比，青春那么短。

去冬买了件黑色修身裤，裤腿上绣了花。绣的是牡丹凤凰，仔细看，这图案应该叫"凤穿牡丹"。觉得奢华隆重，内心莫名不安，怕它起毛，怕它掉色。太美丽的东西，总是让人爱到不安。绣品就是啊！

绣是个名词，也是个动词，可是，当我在纸上写下一个"绣"字时，只觉得它更像是一个形容词。针线底下春风浩荡，姹紫嫣红，凤飞蝶舞：这是绣，比青春还要绚烂还要长久还要奢侈的绣。

不　说

欣赏懂得沉默的人。像午夜的海，内心暗流汹涌，神态淡如远山。多少前尘事，不说。

不说。

一直喜欢一位王姓歌手的歌，她的声音恰似天外仙音，轻烟袅绕，空灵邈远。有一年春晚，歌手献唱，之后有人在网上批她，说她唱跑调了。歌手唱歌跑调，一时哗然。大众都以为歌手一定会站出来说些什么吧，或者解释，或者道歉，或者调侃……然而，咱们一帮俗人翘首等了半年，也没见歌手对此发表过半句金言。不解释，不急恼，不……不说。

长短尽由他人道，她不买账。她过自己的生活，她做自己，依旧半隐半现地过她云淡风轻的日子。

读胡兰成的《今生今世》，读到《民国女子》那一章，真是愤然。想张爱玲若读到写她的那些缠夹不清的文字，高傲的她，还不知气绝到怎样境地。那些小情话，那些赠钱赠照片的旧事，霉了多少年，现在全见光了。我真替张爱玲不值。

爱情中的那些悄悄话，就是我说给你听，你说给我听，咱们都不说给外人听。爱情不仅排他，还私密。可是在胡兰成这里，自己的情事，全嚷成了大众的热闹，嚷成了麻辣作料，火辣辣地衬托一个穿长衫的旧式男子。

他全说了！也不知道是否全靠谱，总之，他把所有口袋都翻了个底朝天。他没有如她般郑重，没有把她放进香袋子里，缝缝好。

世俗的男人和女人，惯把情事说成资本，人前大嘴巴一张，仿佛宣扬家世背景，以显示自己的不凡。其实，反倒"凡"了，凡俗了，平凡了。

金岳霖爱林徽因，一爱便是一辈子。情书不用写，情话不用说，只在心里沉沉地装一个人，像古莲埋在地层深处，永远是一颗休眠的种子。金岳霖晚年，有人提议他当众说说林徽因，他说：我所有的话，都应该同她自己说，我不能说……我没有机会同她自己说的话，我不愿意说，也不愿意有这种话。

这是真爱深爱的境界。在爱情的世界里，只有两个人，其他人都是多余。爱情不需要看客。

有时，即便是两个人之间，也可以不说。无声胜有声，我们能听见对方心里刮的是哪个方向的风，只要还相爱。古诗里有：盈盈一水间，脉脉不得语。即便不得语，那绵密的情意还都在，在相望的眼神里，在经过脚下的湍急河流里，悠远，没有尽头。

想起情窦初开的当年，我和他，在人前假装陌生。他走路经过我身边，我赶紧低了头，我们不说话。我喜欢他无语经过我的身旁，喜欢他经过时衣衫掀起隐约的风。那微风扑面里，似乎都有他温湿的气息，他温软的话语。他散发，我捕捉，我成了嗅觉与触觉超级发达的爱情动物。

《红岩》里的江姐，面对严刑拷打，她说：上级的姓名，我知道，下级的姓名，我也知道，但这是我们党的秘密，你休想从我口里得到半点消息！极喜欢这句台词了，简直觉得放之四海皆准。战场上可以用，商场上可以用，连爱情里也可以拿来作为尺度。是啊，我们的往昔，我记得，我不说，你们无须知道。我今后的思念，我独自消受，我也不说，连你也可以不必知晓。

不论事业，还是爱情，懂得适时保持沉默的人，都是有节的人，有所守，有所弃。

红尘喧嚷，我只做无言的低眉人。窗外风起不息，林木哗哗扰人，只当是春水潺潺，听与不听之间，寸心不惊。

读书是修行，过世俗生活是修行。就连相思啊，到后来，也成了修行。

所以，我有多爱，我也不说。

也提旧上海

丰子恺先生的散文和他的漫画一样,用笔朴素简练,却又生动传神,往往寥寥几笔,即已情趣尽至。近读他的一篇《旧上海》,常常为他笔底下勾出的尴尬世相而忍俊不禁,感慨横生。

最可笑的要算是他写到的旧上海的游戏场。有那么一个冬天的晚上,一个场子里变戏法,观众肯定是里三层外三层地围着观看,好不热闹。戏罢散场的时候,一帅哥猛男级别的看客惊呼起来,原来他漂亮的花缎面子灰鼠皮袍子,后面被人剪去二三尺见方的好大一块,只剩一个空荡荡的屁股头在外面受着寒风,当然,裤子还是在蒙着的,裤子外面还有一片笑声送这个倒霉蛋瑟瑟地走出游戏场。花缎和毛皮都是值钱货,这么一大块好料子剪回去,当然能派上一定用场的。只此，旧上海的偷盗功夫可见一斑。

　　旧上海的小富人，在游戏场里玩乐，面临的尴尬当然不只于此。还有一个就是怕热手巾，所谓手巾就是现在呼之为毛巾的东西。还是转一截丰先生的原文来乐吧，别嫌长。

　　　　这里面到处有拴着白围裙的人，手里托着一个大盘子，盘子里盛着许多绞紧的热手巾，逢人送一个，硬要他揩，揩过之后，收他一个铜板。有的人拿了这热手巾，先擤一下鼻涕，然后揩面孔，揩项颈，揩上身，然后挖开裤带来揩腰部，恨不得连屁股也揩到。他尽量地利用了这一个铜板。那人收回揩过的手巾，丢在一只桶里，用热水一冲，再绞起来，盛在盘子里，再去到处分送，换取铜板。这些热手巾里含有众人的鼻涕、眼污、唾沫和汗水，仿佛复合生素。我努力避免热手巾，然而不行。因为到处都有，走廊里也有，屋顶花园里也有。不得已时，我就送他一个铜板，快步逃开。

　　读到此处，终于憋不住，"哗"地笑出来，仿佛盛足了硬币的小猪储蓄罐，掷地碎了，一屋子的稀里哗啦声滚动跳跃。看客的不堪，小人物的猥琐，表面繁华里窝藏的污垢，混在一处发酵成另一面的旧上海。

此前，我从一些旧字里滤出来的旧上海是极其奢华，极其脂粉的。看无声电影，也叫默片来着，看悲剧女王阮玲玉的悲欢离合；就着留声机，听周璇的歌，《夜来香》《何日君再来》与《天涯歌女》。还有风情万种的旗袍，二十世纪二三十年代，那旗袍还长及脚踝，典雅的盘扣从领子到腋边，再到腰间，到膝盖处，一路婉约而下。到了三四十年代，在时尚的前沿，旗袍已短至膝盖，露出一双玉腿在大世界的门前海报上妖娆。并且开始烫卷发，提精致的小手袋，像一张古色古香的画，镶了华贵的西式木框。用"三星"牌牙膏，抽"美丽"牌香烟，穿长衫的小市民们街巷里来往，目光开始频频撞上路旁的广告招牌。王开照相馆生意红火，电影明星和上层贵妇小姐常常在那里拍生活照和艺术照。

年初，去池州，主人殷勤，将晚宴设在"昭明渔港"。这是一处临江的大酒店，进得正门，便是大厅。那大厅真是一个小小的民间博物馆，里面收藏着各式二十世纪三十年代前后旧上海上层生活的物什，有老式电话机，老式打字机，老式的留声机……那留声机，打开来，放上已划有旧纹的老唱片，一段咿咿呀呀的京戏便在大厅里绕开来。那个年代的繁华和寂寞，像暮光里的飞尘，四下里弥散开，然后一层层覆盖，直到心底。那个年代的高档消费品，经过多少双手抚摩，收藏，辗转，此刻静默在眼前，曾经享用过它们的那些佳人呢？旁边的墙上悬挂着许多画框，都是旧上海的女电影明星们，胡蝶，周璇，阮玲玉……一个个红唇玉齿、粉面桃腮，见证着旧上海的乱世繁华。

  旧上海，旧上海，剪不断的一个情结，多少回，隔着遥远时光的我们，在书里、在屏幕里追寻它当年的奢华与颓废时，何曾真正体味过那些在旧上海幽暗和明媚处讨生活的人？繁华，最后都是别人的！对于丰先生笔下的那些蝇营狗苟的辛苦小民而言，繁华是属于对面的灯光处或舞台上的人；对于那些舞台上受万人追捧的女明星们，繁华终要落幕，终要转手给后来者。他们和她们，都是旧上海这个大都市的一趟辛苦的客，莫问根在哪里。

杜甫如父

少年时不喜欢杜甫。

是真不喜欢。他总是很老的样子,一身秋色深重地,在诗句里沉郁。每一句都那么沉甸甸,是暗色的,土黄色接近赭黑色,要用半喑哑的嗓子吟咏。我总疑心古人抄写他的诗句时,要比抄李白的句子多费些墨。抄他的诗句,笔锋要沉下来,落笔有力,墨色透得深。

初中时读《石壕吏》,第一句"暮投石壕村,有吏夜捉人"就把我吓着了。我们那时在乡下野蛮生长,也是一路"捉"过来的——学业之余的娱乐,是捉猫捉狗捉鸡捉鸭捉鸟捉虫子,没想到还有夜晚"捉人"的。因为惊恐,所以读诗常常绕过杜甫,就像在乡下疯玩时,喜欢绕过一脸正色的父亲。

少年时的印象里，杜甫不仅严肃，还老。我们当然不喜欢老脸孔，谁不喜欢一掐能掐出汁水的小清新的嫩面孔呢，所以那时喜欢写男女情深深雨蒙蒙的李商隐，什么"相见时难别亦难，东风无力百花残"，什么"锦瑟无端五十弦，一弦一柱思华年"……而杜甫呢？他在一句又一句地老病着。什么"白头搔更短，浑欲不胜簪"，什么"万里悲秋常作客，百年多病独登台"，什么"亲朋无一字，老病有孤舟"，什么"名岂文章著，官应老病休"……杜甫总像是在叹息或者是在发牢骚的父亲，他又穷又老又病又孤单又壮志未酬，他一副不走运的男人模样，让人想帮又帮不上，只好悄悄离他远点。

他自号少陵野老，我的语文老师在讲到杜甫时总喜欢称他老杜，就好像称呼一个老邻居似的。许多年后，才知道，杜甫并不老。他死时才六十岁不到，放到现在，还没到退休年龄。他"白头搔更短"时，四十三岁；他"南村群童欺我老无力"时，五十岁不到。可是他在诗句里，就那么很现实主义地老着病着愁着，好像他一直是低头的踽踽独行的愁苦姿势。以至于读到"会当凌绝顶，一览众山小"这样气势磅礴的句子，也以为是中老年的杜甫半佝偻着腰喊出来的，使出了洪荒之力。事实是，那是二十几岁的杜甫到洛阳进士考试落第后北游齐、赵（今河南、河北、山东等地）之时所作。他在诗句里老得让人怀疑他年轻过、豪情万丈过。

他还总端着伤时忧国的大架子。伤时忧国，那时我们稚嫩的小心灵真是不懂啊。

语文老师在讲台上深情讲解，"感时花溅泪，恨别鸟惊心"，花开花落，禽鸟啁啾，倒是在乡下习见，可是溅泪和恨别那样的精神境界和情感高度，我们就抵达不了了。我摇头晃脑地背诵名句"感时花溅泪，恨别鸟惊心"，心里是不服气的，总认为杜甫是个爱哭丧着脸的老男人，好端端的春天，愣是被他写得荒芜清冷。

可是，岁月里走着走着，慢慢发现自己喜欢起杜甫来。少年时绕过杜甫，没想到中年时忽然发现，怆然含泪、低头沉吟的杜甫站在我中年的路口，在等我。原来，杜甫隐匿在我的岁月里，隐匿在我心灵深处，只等我长到中年，只等我经历人间坎坷后，他就会现身，就会迎面走来，与我执手相看，默然懂得。

中年多奔波漂泊。"丛菊两开他日泪，孤舟一系故园心"，"飘飘何所似，天地一沙鸥"，"露从今夜白，月是故乡明"……在异乡的天地里，看枫叶飘零，看黄花盛开，看芒草萋萋，看大江东流，在那些思乡的清愁里，我们会相逢杜甫。李白是少年，是我们激情四射神采飞扬的青春年华，是我们曾经的理想主义；可是杜甫是中年，是我们正经历的辛苦辗转的当下，是我们不得不认领的现实主义。在中年的颠簸辛劳里，常常会慨然而叹：原来，我们离杜甫这样近！

半生过去，你已经切身切肤地感受过人事的疏离变幻，有时候，是一转身一眨眼便成沧海桑田。人间离散，是"有弟皆分散，无家问死生"，是"人生不相见，动如参与商"；人间重逢，是"今夕复何夕，共此灯烛光"，是"昔别君未婚，儿女忽成行"。

杜甫的感叹，是中年人的感叹，要用戏曲里老生那略显嘶哑的有一点风沙感的唱腔唱出来才得味。中年之后，读《牡丹亭》，最喜欢读的是杜丽娘的父亲杜宝出场的那几折，尤其是《移镇》和《御淮》，一个封建社会中年知识分子的沉郁苍凉之心和家国江山之情，总令人感动不已。"砧声又报一年秋。江水去悠悠。塞草中原何处？一雁过淮楼。天下事，鬓边愁，付东流。"在杜宝身上，我能读到杜甫、辛弃疾、岳飞那一帮有家国情怀的知识分子的影子。

每一个苍老的父亲，都像是末路的英雄，有未酬的壮志，有独酌浊酒的无奈。每一回读杜甫，都像是面对苍老的父亲，面对外表冷峻而内心火热的沉默的父亲。所以，中年之后每一回读杜甫，都会暗自替他心疼，像不忍见父亲悲伤一样不忍见杜甫在诗歌里沉郁顿挫。

杜甫如父啊。

是在杜甫这样的"父亲"这里，发现"我"之外还有"你"，还有"他"，还有"我们"，还有泪眼蒙眬所见中"三吏三别"这样的悲惨世界。读到"牵衣顿足拦道哭，哭声直上干云霄"，我会禁不住落泪；读到"朱门酒肉臭，路有冻死骨"，我会沉痛感慨到不能言……是杜甫，像父亲一样，以沉郁之语，告诉我，这个世界，除了"我"，还有苍生。

我的阅读和理解里，李白是抬头写诗的。这抬头的姿势里，四十五度向上仰望的，是悬挂的瀑布，是长风和高楼，是皇帝，是求仙的不羁心灵。而杜甫，是低头写诗的，这四十五度向下俯瞰和照拂的目光里，有苍生，有烽火连三月的家国。

中年以后，我和父亲聊天的次数越来越多，我们情感的交集点，或者说对生命体悟的交集点，越来越多。我向着父亲变老的方向也在变老。我们越来越像同盟。每回和父亲聊天，像和一个杜甫对话。俄乌冲突时，老父亲跟我沉痛感慨战争中的普通老百姓的生离死别。我在他乡求学时，不善言辞的父亲会在某个夜晚给我打来电话，跟我细说日常。父亲年轻时也曾出远门谋生，坐船在江上，"星垂平野阔，月涌大江流"那样的旅途风景，父亲是习见的。我虽为女儿，却像是暗自继承了父亲的情志，我们都以匍匐的姿势努力前进，我们紧贴地面，不像李白那样高蹈飞升。我们每一步都是泥泞。虽然人世道路艰难，但我们一直壮心未已。

是在理解了父亲之后，读懂了杜甫；是在喜欢了杜甫之后，重新喜欢寡言的沉重的父亲。

就这样，在中年，我与杜甫在精神上相逢。喜欢杜甫，理解杜甫。原来他那么像父亲，像中年的自己。

喜欢杜甫，还喜欢他沉郁顿挫之间不时晒出的小清新。那是经历人世困顿之后，转身发现的寻常人间的清美宁和。又好像，是天地仁义，用美景来安慰他的老病，安慰他的忧时伤世，告诉他人间也有亲切。

在蜀地，在草堂，他欣赏"两个黄鹂鸣翠柳，一行白鹭上青天"，他喜见"舍南舍北皆春水，但见群鸥日日来"……每回读到"肯与邻翁相对饮，隔篱呼取尽余杯"，我就不胜感动。因为，和杜甫一起匍匐在民间的，还有一个邻翁，那么近，隔着篱笆喊一声，杜甫就有了陪饮的人。如此，孤独就减了一寸。

杜甫如父。邻翁也是父亲。

舍南舍北皆春水

春雨潺潺时，总会想起从前，想起少年时候居住的老瓦屋，和房前房后的澹澹春水。

舍南舍北皆春水，但见群鸥日日来。花径不曾缘客扫，蓬门今始为君开。杜甫诗里，难得一回小清新，说的似乎就是我从前的家。

房前的那个大池塘，名叫许家塘。许家塘那边，是一片平阔田野，金黄的油菜花田和紫红的紫云英田错杂相间，辉煌壮阔。田野中间有水渠直通到许家塘，夜雨下起来，水渠里的水哗哗淌进许家塘里，一整个春夜，耳朵里都是扯不断的水声。

那样的水声里，似乎能闻到油菜花的味道，紫云英花的味道，青草和野蒿的清气，泥土的潮气，蚯蚓翻身拱动爬出泥穴的腥味……一个人的嗅觉、味觉、视觉都被那样的水声喂养得特别粗壮发达。

翌日晨起，推窗，许家塘的水面上漂满了油菜花的花瓣，还有零落的桃花、杏花。雨住了，水渠的淌水声渐渐小起来，只剩一口肥胖的大池塘，倒映着树影、花影、草垛的影子、天空的影子，还有塘埂上走动的人影和奔跑在人后的小狗的影子。

早晨上学，穿着胶靴，走过蜿蜒田埂，一路都是大大小小的水流伴随左右。池塘，河沟，水渠，田畦之间的逼仄小沟，到处都在淌水。我的胶靴被春水洗得盈盈发亮，上面又沾了许多落花，有油菜花、紫云英花、蒲公英花，还有婆婆纳的碎小蓝花。

屋后是一条河，名叫长林河，袅袅婷婷地，迤逦走向长江。春日里，河水又满又绿。河边有一丛一丛的芦苇，或者是一丛一丛的菖蒲。柳树发芽，杨树发芽，榆树发芽，个个枝头都是毛茸茸的绿色。这些绿色倒映在河水里，河水就像被绿色酿酒一般酿了一遭，何止是春水碧于天！

早晨，女人们在河边浣衣，棒槌的声音此起彼伏，在河水上回荡着，成为多声部的合唱。鸭子们拖家带口，终日在水上欢畅，脚掌划动，裁出一片片扇形的水纹，绵延不绝地荡开去。

柳枝披拂里，探出牛的前半截身子，牛来河边喝水了。水是绿的，柳枝是绿的，褐色的水牛像是被无处不流淌的绿色给洇湿了身子，也是绿的了。

黄昏，杜鹃鸟飞过林梢，且飞且鸣，长长的尾音震颤在河水之上，让人觉得，春天一直是唐诗里的那个春天，我们行走千年百年，还没走出过杜鹃的春啼里。杜鹃声里斜阳暮，斜阳也是旧时斜阳，一半在天上，一半在水里。

到春暮，油菜花落了，杏花、桃花、梨花也落了，河边的野蔷薇花却开到好处。刚开的深红，开老了的粉红到淡白，深深浅浅的红花点缀在叶子已然茂盛的花架上。水里也有一架野蔷薇花，和岸上的同开同落。

水底的水草隐隐约约有了消息，偶尔有机帆船经过，静静的水面像睡醒的婴孩，在摇篮里翻身，水底初生的水草也跟着水波摇摆着袅袅的身子。菱角秧浮出了水面，小小的，无风无波的时候，它们光亮的浅紫的嫩叶像是用丝线绣在绿缎子上。菱角叶子在水面上一日日地铺，平阔的河面一日日窄了，春天也一日日窄下去。

夜里，闻着花香入睡，屋子西边一棵棠梨树正开花，花香随着夜气漫进窗子里，人就在这样潮润的花香里。想象窗外，白色的棠梨花纷纷扬扬，屋顶白了，河堤白了，房前房后的春水也白了。夜里做梦,常常梦见自己穿着胶靴站在河边的石板上,洗靴子上的软泥,还有沾在靴子上的花瓣。醒来,屋瓦上是平平仄仄的雨声。

春天若论五行,一定是属水吧。水滋养出了万物葳蕤,也滋养出了诗意绵长。

落　春

王安忆在长篇小说《天香》里写,"白玉兰开花时确实盛大美好,但谢落也是大块大块地凋敝,触目惊心"。

读到这一句时,我像是听到了落花的声音。那柔嫩的花瓣以集团军的形式坠地,它们触地的一刻,空气被激荡着,弹跳了一下,又弹跳着,回到寂静里。空气激荡在凋落的花瓣之下,也激起了一种极细微的铿锵之声——美走向消亡,凋谢这出悲剧,在白玉兰那里演绎起来也有一种恢宏之气。

许多年前,我甚喜唐人无名氏的两句词:"万树绿低迷,一庭红扑簌。"我曾经用"一庭红扑簌"做过我的新浪博客名和笔名,我喜欢的是,落花落得也这样艳而有声。我们寻常对暮春的印象,总是视觉里的画面,残红满地,或者花谢花飞随了风去,或者花落随流水而去。不论随了风,还是随了水,都是那么渺渺地不可追,美越来越轻,成为惘然。春天到了落花这里,只剩了无奈。可是,"一庭红扑簌"里,我看见了极艳极隆重的告别,仿佛有"当"的一声,是饱含水分的花朵,偏要不甘心地一头撞下去,把自己撞个粉碎,在消亡前,愣是从它柔嫩的细胞里溅出金石之音来。

后来,有一年春天,在一座老宅里我见到了"一庭红扑簌"的景致。那是一株极高的茶花树,树下猩红的花朵落了一地,像是还在呼叫着的心脏。这些花冠厚实的花朵,在坠落的过程中,像是把斜风细雨也扯直了,它们即使在坠落的过程中依然释放能量。人到中年,我喜欢这样的落花,我喜欢春天是以这样极艳极震撼的方式谢幕。这春天退场的姿势,不是逃之夭夭,而是鸣锣收兵,撤退也撤得威武,撤得大气磅礴。

"一庭红扑簌",是那么多的含着精神重量的花朵在坠落,它们一边落着一边慷慨陈词。它们簌簌有声,扑向同样有重量的结实的地面。这样扑簌有声的凋谢,要配上花砖,配上石头,配上石栏杆……方能稳稳承载这凋谢的重量。

也是许多年前,落花天里,我独自走在故乡的山野,看着桃杏凋落，心里怀着莫名的隐忧。在荒僻的山野，那些杏花和桃花初开起来像失火，春风助势，它们很快就耗尽了体内的颜料和力气。我常常站在高处远看，它们一日一日地，色彩渐淡渐无，像一片彤云在天空的流散。桃杏的花开花落，像是在一个固守的狭小空间里，把云聚云散进行了慢放。

红的粉的花落尽了，枝柯间陡地空旷起来，阳光肥肥填补进来。不几日，光又被新叶攻城略地吞了。风起时，是一树喜喳喳的新绿。回想那花开花落，已经远得像梦，那般不真实——其实才一周左右。

花的一世不过几天。

那时，在故乡的山野，在我同样并不宏阔的认知里，我以为春天的凋落是从色彩里起步的。是高浓度的色彩被兑了时间的水，分分秒秒地稀释着。是这样寂静无声地失去姹紫嫣红，是这样无可挽回地面对流逝。

我那时的隐忧里，似乎有一种情绪，就是害怕生命也像那山野的桃花和杏花。我以为生命走向凋落的旅程就是色彩的流逝，就是容颜的改变，却不懂得，光阴流逝的步伐里，还可以有"一庭红扑簌"的那种艳和庄严。

在花朵朝下降落的姿势里，扑簌一声，有一个声音却从坠落之境升起来，像告别，也像宣言，这就是落花有声。在生命的终点，一颗柔弱的生命还有电光火石一般，"扑"地打开的响亮。

四月的时候，我去成都参加文学活动，会后去了杜甫草堂。赶上下雨，杜甫草堂前的杜甫雕像也在雨里，我举着雨伞站在庭院里，看着又黑又瘦的杜甫，如对岁月艰难心怀隐忧的兄长。我的心里莫名起着委屈，心想杜甫怎么总是被雨淋湿，过着受潮的一生。他的茅屋为秋风所破，他已经淋过漫长秋雨。

离开杜甫草堂时，经过浣花溪。在浣花溪畔，我看见有几十朵极艳丽的凌霄花落在清澈的浣花溪水上，真是一幅极哀艳的落英图。

我在浣花溪边徘徊，心想杜甫当年的"花径"旁应该也植有凌霄吧，它的花那么艳，又爬得那么高，似乎能替人登高望远寄托壮怀。杜甫的壮怀里，有庇护寒士和苍生的万间广厦，也有家国江山。

四月的成都，正在落花时节里。杜甫草堂内外，到处都是滴答的落雨声，它们似乎掩掉了扑簌的落花声。我听不见落花声，只听见惆怅雨声。

我想，杜甫一定听到了落花声，那橘红色的凌霄花一定是在唐朝时坠落的。它的坠落，在浣花溪上溅起一个朝代的回声。

小　城

　　走着走着，离故乡小城就远了。远着远着，面貌在心底却越发诗意地清晰。

　　是一个可以追溯到宋代的老城了，四面环水，城在水中央。环城河两岸的垂柳将老城方方地绕一圈，老城在俯瞰中构成了一个汉字——回家的"回"。虽然城门早已不在，但小城的人依然用东门、西门、南门、北门来指代居住和出行的位置和方向。出东门，是水；出南门，是水；出西门和北门都是水。有水就有桥，东南西北，城内与城外，皆有桥相连。桥下流水，旧时商旅之船可泊可渡。如今城市拓展生长，又添了许多新桥，从地图上看，新桥老桥，足有十几座，丝线一般，将一座老城织进了蓝色水域的中央。

记忆中，这座城是青灰色的，在天青色的烟雨下，有着戴望舒式的寂寞与清愁。那时，十几岁的我在小城里读书，读的是中师。下午五点前后放学，放学后我喜欢穿过小城里那些悠长曲折的巷子，往南走，经过长堤和小桥，直到小城边缘地带。城外是一条大河，亮闪闪的，横在眼前，河对岸是寂静的田野。

那时，总喜欢坐在城边的大河畔上，一边翻几页闲书，一边看红彤彤的夕阳一点点悲壮地坠落，心里莫名漾起惆怅。大河的流水，擦着一座老城寂寂地向着不知名的远方而去，过客一般。而我那时，何尝不是这小城的过客，三年中师一毕业，我和同学们就要按照当时的政策分配到农村小学去，我们不知道今后面临的是怎样的一个天地，是要承受环境闭塞，还是要坚持独自寂寞成长？

薄暮时分回城，像是回到一个烟树寂然的岛上。穿过那些巷子，巷子里更暗了，石灰斑驳的人家院墙上簇簇青苔也化成了书画家米芾的墨色云朵了。巷子里的水井边，有女人低头静静洗着蔬菜和碗碟之类，不时有自行车的铃声从巷子拐弯处传来，院墙里的人家搭建的阁楼上灯火亮起来……

回到我的三楼宿舍，看见窗外人家屋顶上的黑瓦起伏相连，像是暗夜里黑色的浪花，像是城外的河水水汽氤氲，一路弥漫，笼罩着千门万户的小城人家。

赶上周日，和同学相约去城内的米公祠。米公祠里有怪石几尊，还有墨池和投砚亭。我们坐在投砚亭里，想象宋代书画家米芾在园子里拜石、在墨池边洗笔的情景。这样想象时，就觉得米公祠的砖瓦与飞檐也旧成墨色了，环绕墨池的这个小城也成了纸上的水墨风景。

十几年后，我工作借调，回到小城，忽然发现小城不只是青灰色，不只是墨色，小城更多时候是柳色，是"客舍青青柳色新"的柳色。那么多的水，需要多少柳色来倒映来濡染？那里的柳足有百年上下吧，一棵棵气定神闲地立在岸边，柳枝在微风与水光之间披拂而下，把路过的男人和女人全罩成了许仙和白娘子。说到底，柳有仙气。多水多柳的小城，自然多了几分比画还要灵动的那一种气韵。

借调小城工作的那几年，我每日上下班，都穿过环城河上的长堤，经过河心的小桥，在柳色与水光之间，开始和结束我一天的日常。这日常因了这水和柳，也变得诗意了。

在小城居住的那几年，我常买姜花。小城边的一对老夫妻，种了几亩田的姜花，他们卖姜花从夏日卖到初秋。

我常常遇见他们，早晨在菜市场门口，下午在城里的广场和超市之间，晚上在状元桥头。一枝枝姜花，绿叶白花，清香袭人，在干净素朴的塑料桶里养着，灯光下，隐约可见花叶之下的清水粼粼地闪着幽光。

我喜欢买姜花，一买几束，自赏，也送人。清水养花，像是湖蓝色水域养着一个淡雅清芬的小城。

虫声远近

月明之夜,听到细细的虫声,唧唧——唧唧唧唧——像谁在叩门,叩城市之门。

这是在城市的某栋第二十九层的寓所里。我知道是蛐蛐的叫声,就在我房门边。我意外得要命,也惊喜得要命,好像儿时旧友来访。

我倚在床头,放下书本,想着这一只蛐蛐究竟是怎么进了我的屋子的。是盘桓楼下草丛里的蛐蛐,怯怯爬进电梯,张皇失措经过长长走廊,然后懵懂进了我的寓所?想想,可能性极小,城里蛐蛐少,胆子又小。难道是我从之前不久租住的房子里搬来时,蛐蛐混进了我的行李里?也不可能。我曾经租住的也是四层的老楼,虽然楼道蛛网尘灰时见,但蛐蛐这样的爬行昆虫是进不了屋子的。

我想来想去，可能是我从滨江小镇的家里带来的。每周末，我回小镇，然后再卷上一堆吃食或衣服，回到城市。两地生活，来去匆匆，其实潦草多过诗意。也许，在我晚上准备好要带走的蔬菜、水果里，有一只蛐蛐在夜间爬进了我的包裹里，然后书童似的，一路跟着我上高铁，转公交，进入一栋清寂的寓所里。

这只蛐蛐，有着和我同样湿润的方言，有着和我同样习惯白日沉默、夜晚独自沉吟的生活方式。

在我小镇的那个家里，有时半夜能听到唧唧的虫声。楼下有树有草坪，房前是一条清瘦小河，虫子们有广阔天地，可热火朝天地生活。有时入夜，虫声合奏，汪洋恣肆，或如部落间篝火狂欢，或如宫廷里钟磬齐鸣。彼时我想着，在我的听觉里，还有一个低处生活的昆虫王国，那里子民兴旺，那里车水马龙，那里锅碗瓢盆婚丧嫁娶，那里悲欢离合歌舞升平……我就禁不住莞尔。我们乡下人不霸道，总是谦谦君子气，一入夜，就把自己宽广的生活像折扇一样收拢，把空间和时间腾让给小小的昆虫；昆虫又那么乖巧，只得一隅便可欢歌。乡人与蛐蛐，同在清秋凉夜，同享天地月色水汽。

我在外婆家的江洲上听过许多回虫声。有时是夏夜，我们在院子里纳凉，蛐蛐们就在院子的篱笆下，叫声密密匝匝，热烈蓬勃，好像篱笆下的虫子们在张灯结彩吹拉弹唱。后来读诗，读到徐志摩的那句"夏虫也为我沉默，沉默是今晚的康桥"，不禁纳闷，夏虫怎么会沉默。外婆篱笆下的夏虫，永远盛世欢腾。

我小镇的书房里，也到访过蛐蛐。好像有两只，一只在书画桌下"唧唧唧——"，另一只在罗汉床下"唧唧——唧唧——"。彼时是深夜，小镇寂静得像一本已合上的书，我在书桌边，听着这一呼一应的虫声，仿佛看到两个少年在书房对弈。有时想，我不在书房时，这两只蛐蛐会不会胆大妄为跳上我的书桌，钻进我的书橱里？它们用细长的触角翻书，用牙齿读字。它们一身书香，彬彬有礼，不好斗。我书房的地板上，也堆放了许多书，有时几个月都不挪，我猜想，在那些城垛似的书本后面，一定有蛐蛐们在栖息。它们把书本搭建的空间作为音乐大厅，入夜伴着我的灯光，在那里展示歌喉。它们真文艺！

在深夜读书，或在电脑上敲字，有虫声近在咫尺相伴，此境胜过童子焚香，胜过知音剪烛。

花入杯

  他伸手摘下一朵槐花,掐去绿色花托,然后将花瓣撒进杯子里。

  他是我的老师。彼时我们在江堤脚下的一所学校里,在学校后面的花荫下。是春暮天,槐花开得正盛,累累簇簇,巨浪一般在枝头翻涌。下了课,男生女生都拥到学校后面的草地上,老师捧着杯子也来了,和我们有一句没一句地聊着,女生似乎更喜欢围着老师。老师彼时年轻,大约还是学校里文学素养最丰厚的一位,那时他喜欢穿风衣,秋天梧桐叶落时,会在黑板上写李煜的《相见欢·无言独上西楼》。

  那朵白花浮在老师的玻璃水杯里,也不沉,荡荡颤动,慵懒,仙子一般。老师轻轻笑着说:"这花可以吃的。"

哇！我们一惊。老师说着，又摘了一朵槐花放进嘴里，微微咀嚼着。有女同学也跟着效仿，嬉笑着，纷纷摘花来吃。上课铃还没响，花枝乱颤，三朵两朵地落在草地上。

老师品尝出来的花朵味道，一定不同于同学品尝出的。我站在窗台边，看他们吃花，默默地想。

老师会把一朵花放进自己的水杯里，让花儿浮荡，像小船荡漾在银河上。这样的事，我的同学首创不出来。老师那时一定读过"自在飞花轻似梦，无边丝雨细如愁"——他穿着乳白色的风衣，也不扣，自学校前的青草长堤上走来，衣角飞扬，好像踏青归来的秦观。

老师是要考大学的。那时刚恢复高考不久，千万人挤独木桥。老师没挤上，来到了我们这所僻远荒寂的江边学校，给我们代课。在二十世纪八十年代那场狂热的文学风暴里，老师想必一定也被濡染不浅，他常常在黑板上写自己的诗，然后带着我们读。我们读得朗朗上口，整整齐齐，心里却没有头绪。那时，我们多小啊，怎么会懂得一个满腹理想却高考落榜，折身在乡下教书的年轻人的心！

听女同学交头接耳的私下谈论，知道老师的恋爱并不顺遂，那时他已有对象，女孩却不为他所喜。课下时，我们暗暗同情老师。后来，听说老师和他未婚妻分手了，我们长舒一口气。

在春日，把薄薄的一朵小花摘下，放进水杯里。其实，一杯水不会因为一朵小花的浮荡而增添多少味道，他也不是贪吃一朵花来填饱肚皮。他摘花入杯，不为水，也不为花，只是享受着那样一个过程。就像古人的踏雪访梅、听雨打枯荷一样，不为物质层面上的抵达，只求精神世界的短暂欢愉。一朵洁白的花儿睡在清水里，像少女一样在沐浴。

我总想，在我们这个江水环绕、蒹葭苍苍的乡下，许多人只懂得低头为衣食而奔走，只有我的老师，是那个懂得抬头欣赏春花、秋叶、月色和飞雪的人，只有我的老师在自然美景面前，会怦怦心跳，于是忍不住要写诗的人。

我曾在春天放学后的平野田畴间，见他捧一本书，低头缓缓而行，且行且读。我曾在一个夏天去裁缝家取衣服时，被他逮到，他嘱我帮他送一封信给一个同样爱读书的白皮肤女孩，还叮嘱我不要让女孩的父亲看到。后来略懂人事，我知道我送的不是信，而是"情书"。只是，老师后来娶的不是那个白皮肤的女孩，每想起，依然为老师怅然。

多年后，老师不再教书，老师也不再年轻。结婚生子，养家糊口，一点微薄的代课收入远不能供养家庭。

春天的时候，我和家人去江堤脚下采槐花，采回来当菜吃。一叠槐花炒鸡蛋躺在盘子里，我看了，不忍下箸。总觉得太奢侈太残忍，一个少女似的春天，就这样被我用烟火折腾成所谓人间美食。

旧年同窗偶尔相遇，问起老师，说是在城里做生意，一度兴隆，后来大亏，为生计所迫后来亲自下厨做吃食来卖。我听过，心里秋风生起，眼前浮现老师白皙的手指，掐花，入杯——老师把春天喝进肚里，很怡然陶醉的样子。

多希望，花谢花飞时节，有一朵花被风吹送，悄悄落进老师的杯子里——老师忘记摘花了吧。

柔荑

豆蔻年华的十几岁时,在寂寞小镇,光阴荒荒地过,读了些不入流的才子佳人传奇。

丑有千百种,美却似乎都是一个样子的。书里的佳人,作者一落笔就说是"手如柔荑,肤如凝脂"。什么是柔荑,什么是凝脂,没搞懂也不管,就赶情节往后面紧翻着。反正根据上下文也能猜出是长得好看的意思。连"荑"的读音也是好多年后才知道是ti,声调阳平,以前都当"姨"音来搪塞过去的。

直到读《诗经》,才挖出"手如柔荑"这四个字的老巢。

《诗经·卫风·硕人》,"硕"是高大的意思,"硕人"就是身材高大的人,诗里指的是卫庄公夫人庄姜。古代男女是以身材高大为美的，所以美人也称"硕人"，像我这样做衣服省布料型的，都靠边站啦。

《硕人》全诗四章，整个第二章都是在写庄姜的美貌与神态，作者几乎用的是工笔画的细功夫来描摹。"手如柔荑，肤如凝脂，领如蝤蛴，齿如瓠犀，螓首蛾眉，巧笑倩兮，美目盼兮。"这么美，是从手指美起。真正的美，不留一点瑕疵。

柔荑是什么？读《诗经》时一查才恍然，原来，柔荑是初生的茅草。

初生的茅草我见过呀。少年时上学，日日打田埂上走过，初生的茅草被我们拔过，秋天的茅草被我们放火烧过。夏天的早晨，茅草上的露水，湿过多少回我们的衣裤裙摆。

真不敢相认。以后早春踏青时，见到初生茅草，我要不要唤它一声"柔荑"？

古人打比喻，不分贵贱，就近取譬，寻常草木都可拿来作喻体。

初生的茅草到底有多美呢？春雨下过，土膏微润，一茎茎茅草从赭黑色的土壤里亭亭起了身子，又白又嫩，细细长长。

在童年，我房下的伯母就住在我家隔壁，她四个儿子，没有女儿，所以喜欢女孩子。有一回，我去她家玩，她叫我乳名，慢悠悠道："阿晴，让我看看你的手，看看长大是不是握笔杆的。"那时伯母认为，一个人的手细细长长的，伸出去直直的，摸上去软软的，长大就是吃读书这行饭了。现在看来，其实就是手如柔荑啊。彼时，伯母的大儿子，即我的大堂哥正在上高中，我观察过大堂哥的手，是细细长长的，又白又直，跟顽皮的小堂哥不一样。伯母那时大概认定大堂哥有一双形似柔荑的读书人的手，是肯定能考上大学的。我将手伸给伯母，心里希望伯母快点下结论：嗯，这也是一双握笔杆的手，将来要吃读书饭。伯母摩挲了好一会儿，喃喃道："手是握笔杆的手，就是肥了点。"我心里觉得安慰，又觉得怅然，感觉伯母的话有些模棱两可。可有什么办法呢，我伸出手来自己端详半天，五指并拢，直是直的，可我的手背肉得像个小包子。读书人的手应该是瘦得像竹竿似的，哪有一个肉包子手在翻书呢。

我的手不像柔荑，我感到自己生得粗鲁，暗自羞愧。

我的羞愧，后来被表姐慢慢稀释。

作为少女的表姐，没读多少书就辍学回家，帮着大人干活。有一回去表姐家，晚上两个人睡一头说悄悄话，表姐握着我的手不无羡慕道："阿晴，你这读书人的手就是好看，这么直，还有这指甲盖……"我心想，我的手像是蒸笼里蒸出来的，胖乎乎多年，见人都不敢拿出来。表姐伸出她的手来，和我的手并在一起，一比较，我才知道，女孩子的手并不都是那么软软的。表姐因为长年干活，手指僵僵的，笨笨的，五指并拢时露出一道一道的细缝。还有她的指甲，因为劳动，明显向上外翻，而我的指甲圆溜溜包着手指头，泛出粉红的光泽。我看着表姐的手，又看看自己的手，不觉心疼起表姐。

我那时虽然读书，但到底还是有些家务的。逢上家里忙，我会去河边提水，帮妈妈做饭，扫地。春天放学时，会拎着篮子，跟一群乡下孩子去田野上挖野菜。只是，我大多数的时间是在读书。

我看着自己的手，心里想起同学小璟的手。小璟家境殷实，她父亲是大商人，出差经常坐飞机。在二十世纪八九十年代的乡下，她妈妈已经不用做家务，家里请了帮工。漂亮的小璟，在那个年代，洗脸就已经用起了洗面奶。小璟有一双真正的柔荑一样的玉手，有时她来我家玩，然后我送她回家，在长长的河堤上，我们相携着，我握着她的手，感觉像是握着一个早春在手里，杨柳岸晓风残月一般清凉温柔。

小璟自然没有家务。一点点家务都没有。她所有的生活内容就是上学，做完作业，看课外书，听港台流行歌曲。她是一茎没有被尘世风霜有过一点点压迫的新嫩的柔荑。

我摩挲着表姐粗糙的手掌，有茅草的感觉，不过，不是春天初生的茅草，而是秋天的茅草。我看着表姐的手，想着小璟的手，心里感慨：同是少女，命运迥然。真是各有各的季节，各有各的茅草。

奇妙的是，《诗经》里，紧贴《硕人》之后的一首诗，就是《氓》。《硕人》里，贵妇庄姜结婚，好大一个排场。长得美也就罢了，还家世煊赫，家里亲戚都是王侯将相，比《红楼梦》里的贾府小姐还要尊贵。这样的女子，陪嫁自是不一般。人家陪嫁至多是物品，她还有陪嫁的姑娘，还有随从护送的齐国文武诸臣。

而《氓》里，是一个寻常人家的女孩子，遇人不淑，结婚后，辛苦持家，最后到底免不了被丈夫抛弃。回到娘家后，还要被兄弟嘲笑，伤口上撒盐。不用看，闭眼都能想象出《氓》里的那个女主角是一双怎样的手，一定比我表姐的手还要粗糙，上面布满种作纺织时落下的伤口。

《硕人》里，庄姜手如柔荑，我相信，她会一直地柔荑下去。而《氓》里，那个弃妇也许在少女时候有过短暂的一段手如柔荑的时光，但是，随着命运急转直下，慢慢就成了秋天的茅草，枯萎的、粗糙的、失去水分活不回来的茅草。

庄姜和弃妇，两个女子的命运截然不同，却在《诗经》里做了邻居。所谓天壤之别，有时候大约就是这样：两个美丽的女子同在结婚那天启程，然后，一个如庄姜，人生越走越高越阔，成为星汉灿烂的天空；一个如弃妇，人生越走越低越暗，成为浑浊冰冷的洼地。她们是最近的邻居，也是最遥远的两极。

我想，很多人在柔荑这个词面前，大约都有点心怯，会觉得自己轻了，飘飘忽忽的，摇摇荡荡的。一双劳动人民的手，皮肤粗糙，关节粗大，即使偶尔买了手膜使用，也早已无法回头是岸。

大多数的柔荑最后都要站到时间的风沙里，生活的风沙里，艰难而倔强地生长，生长成颓败的或骄傲的茅草。只有很少很少的一部分，被珍视，在温室里，安逸一生。

有人被珍视一时，有人被珍视一世。命运往往难卜。

当黑沉沉的家务汹涌而来，奋不顾身的我，哪里顾得上去照顾手指，只能任自己活成一丛凌乱的茅草。我唯一能做到的，就是动用智慧，深深地思索：命运把我放逐在此，一定是让我好好地体验生活，也许后面另有安排。

蒌蒿与河豚

（一）蒌蒿是蒌蒿，河豚是河豚

苏轼的《惠崇春江晚景》（其一），我从前一直是把它当作一首美食诗来读的。作为一个自小生长在长江边的土人，我不大认那什么题画诗的账，只是觉得自己是会意东坡他老人家的。

一杯桃花茶，一钵老鸭汤，最重要的是还有江村的野蔌：一盘炒蒌蒿，一盘肉烧芦荻笋。当然了，还有现在因为长江禁捕而无法食到的江鲜河豚。若是不作他想，有美味，便是日月生香。

当然了，它首先是一首题画诗。惠崇和尚的画，有墨色淋漓的翠竹，有团团、点点的几朵桃花，留白处理的远方横阔江面上，几只墨色的鸭子正在浮游戏水。

竹外桃花三两枝，春江水暖鸭先知。蒌蒿满地芦芽短，正是河豚欲上时。

历来，人们都说"正是河豚欲上时"是苏轼想象之笔，是一处虚写，可是，我以为，虚写的笔墨还不止这一句。我一直疑心，那句"蒌蒿满地芦芽短"也是苏轼根据自己的生活经验，尤其是美食经验，来推测或联想的。试想，在这幅春江晚景图的画面下方，那些一粒粒细小的墨点子，天知道是草还是苗，江边的植物可多了去。可是，苏轼说，是蒌蒿，是芦芽。因为有经验，因为在江边生活过，甚至因为，他还吃过，且喜欢吃。

这个美食家，于大宋元丰三年（1080年）被贬谪到黄州，操一份闲职：黄州团练副使。官很小，收入很少，养家自然艰难。于是，理想抱负且放置一边，放下书卷，撸起袖子，开荒种地。他开的那片地，叫东坡，所以后来有了苏东坡这个名字。黄州就是今天的湖北黄冈，也在长江边。自古以来，草民活着，都是靠山吃山，靠水吃水。住在山边的人，吃的野蔌多半是竹笋、菌菇之类。再勇敢些，背副弓箭进山，打些长毛的四条腿或两条腿的活物，那饭菜就更得些滋味了。住在水边的人，自有水里的鱼虾和岸边的菜蔬。比如我，一到春天便会去江边采摘野菜，有芦荻笋，就是苏轼诗里的芦芽。还有蒌蒿、水芹、马兰头……这些野菜，遍生于长江两岸的江滩上。所以，每年春上，穿过开着桃花的乡下人家门前，下到江滩上采摘这些野菜时，我就会想起苏轼的《惠崇春江晚景》（其一）。就会觉得，有一个自己喜爱了许多年的有才有识有情有调的东坡，和我，隔着时空，共饮一江水，共食一道菜，这春光也变得分外有了纵深感。

前不久，读一位女作家的文章，也提到了这首《惠崇春江晚景》（其一），女作家说这最后两句里，苏轼由蒌蒿和芦芽，想到画里没有的河豚，她说因为河豚食用蒌蒿、芦芽则肥。我一个江边的土人，读到此处，忍不住莞尔。说河豚吃芦笋尚可，不过要等春水涨上一大截，河豚才能吃上。但是，早春的河豚要想吃上蒌蒿，那脖子真不是一般的长。芦苇是水生植物，可以生长于浅水、沼泽和滩涂之处，但是蒌蒿一般生长在相对湿润的江边沙地上，生长的位置一直比芦苇要高。河豚要想尝一口蒌蒿的青，还得要等到夏汛时，只是那时，蒌蒿已老，想必色味都已不好。

也不怪女作家，她的说法也是有出处的。《渔阳诗话》里有："坡诗'蒌蒿满地芦芽短，正是河豚欲上时'，非但风韵之妙，盖河豚食蒿芦则肥……"看来，这杠只能找古人抬了。

其实，生物学中的河豚是爱吃荤的，主要以贝类、幼鱼等为食。只有文学家这里，河豚成了素食爱好者，食蒌蒿、芦笋就胖了。

河豚与蒌蒿，除了文学家那里的吃与被吃的关系，还有没有其他联系了呢？是有的。

春日里，蒌蒿、芦荻笋和河豚，都是时鲜食物，同时上市。烹制河豚时，要略微多放些水。我们这里，是放江水的，江水煮江鱼，不用酱油上色。烹好的河豚汤，汤色奶白醇厚，香极鲜级。苏轼的学生张耒在《明道杂志》中写，长江一带土人食河豚，"但用蒌蒿、荻笋即芦芽、菘菜三物"烹煮。他大约不知为何这样烹煮。我也不知这种煮法在宋时是否属实。反正现在，我们不这样大杂烩地烹煮。现在，这最后两句诗，我们是要至少做成三道菜的：蒌蒿炒臭干子，春韭炒芦荻笋或咸肉烧芦荻笋，白煮河豚。我以前吃过的几回河豚，里面都没有放杂物，以求其味醇正。长江不禁捕时，我买江鱼烹煮，除了放点姜用来去腥，然后只有油、盐少许，其他皆不用。好的食材，仪态万方，一人撑起一个舞台，是根本不需要配角来起哄的。但是，河豚是有毒的，有资深烹制河豚经验的厨师在清理时要清除干净它的肝脏、眼睛、血液等有毒部位。

且，河豚上桌时，必得要等厨师当着食客的面先吃上一口，然后众食客才下箸。

如此，吃河豚，其实是担着一分危险的。但是，上天安排万物生长，常常会有完美的构思。据说，蒌蒿有解河豚毒的功效。所以，水里有河豚，岸上便有了蒌蒿。又因蒌蒿也是春季时令野菜，河豚上市前后，正是食蒌蒿新发嫩茎之时。如此，美食家苏轼的诗里，一写到蒌蒿，自然就写到了同时令的河豚。

关于蒌蒿，除了食其嫩茎，还可食其根。在深冬，草木萧瑟，风雪将至，去江边的沙地上挖蒌蒿根，似乎是抄了近道去打探春的消息。春天，是从地底下一寸一寸长出来的。沙土松软，翻上一锹，那些雪白的蒌蒿根，白如梨花，玉簪一般，散发着泥土和植物经脉的浓厚芳香。我想，苏东坡那样的美食家，一定也是吃过的吧。

（二）有苏轼看我吃饭

情绪低落时，每读《惠崇春江晚景》（其一），就仿佛听见苏轼在教诲：先经营好今天的餐桌，好好吃饭。理想从来都是在路上，我们要做的是，先狠狠热爱这烟熏火燎菜肴飘香的世俗日常吧。

吃，才是最接地气的第一大事。

苏轼写此诗时，正是元丰八年（1085年），刚离了贬谪之地黄州，正北归京城途中。那时，王安石变法已失败，一帮昔日朝廷重臣再度被重用，包括苏轼的返京。据说，他在返京途中经过江阴时，逗留中看到了惠崇和尚的两幅《春江晚景》，一幅是鸭戏图，一幅是飞雁图。他给鸭戏图题的诗便是这首《惠崇春江晚景》（其一）。

人的情绪表现有时真是一个悖论。

当一个人被不公或灾难打压到谷底的时候，迸发出来的反弹力往往使自己变得超乎的有硬度，有广度，有不可思议的抗打击性。就像苏轼在黄州，沉落至此，在荒冷之地，开垦田地自度日月。可是，也正是在黄州，他写了《赤壁赋》和《后赤壁赋》，写了《念奴娇·赤壁怀古》。他低到泥土稼穑之间，可是忽然心地广大了。他与天地对话，问日月古今。江水有多无穷，他就有多无穷。月光有多辽阔，他就有多辽阔。他的一叶小舟，漂在月色与江水之间，长过一个朝代，大过一个国度。

可是，有一天，忽然一只大手从高空伸来，来捞你，来将匍匐在地的你往上一拎，这时，往往万千委屈齐上心头。这时，才发现自己是碎过的。刘禹锡写"沉舟侧畔千帆过，病树前头万木春"，我读了，只觉得人世恍惚。无论是刘禹锡，还是苏轼，那些身为沉舟病树的光阴，只有自己知道其中的幽暗潮湿。当阳光乍现，一定会刺眼，一定会流泪。

我想，苏轼此番回京的路上，内心的感受一定不是只有喜悦一种。包括在江阴，包括在欣赏惠崇的两幅《春江晚景》之时。

此去，庙堂森然，宫阙深深，理想在那里，风波也在那里。回头看来时路，在黄州，在长江之畔，在荒野之地，只有竹木苍苍，只有桃花瘦瘦三两枝，只有只为饱腹不为观赏的放养的鹅鸭，只有这些野景。但是，这里有闲适，有不争。因为不忙，可以时时亲自下厨，花一整天的时间，慢火熬制东坡肉，烹制河豚汤。

在返京的路上，苏轼一定把他出世与入世的矛盾在内心再次演绎一遍。生命的意义到底是什么？是进是退？是青史与庙堂、远方与光芒，还是竹木桃花与蒌蒿河豚？

前几天，读到一位当代诗人的两行诗：我们总是迷恋着现代的晕眩感，又深深依恋着故乡的宁静。

我想，这大约是我们这个时代大多数人的写照与困惑。

我们的身前身后，一头是远方，一头是故乡。我们既渴望书写这蜉蝣生命的宏大与炫丽，又渴望日夜分明的小庭小院的小格局状态，生活恬静如一只蚕蛹安睡在茧子里。

我们是漂泊城市的异乡人,是逐灯火而居的迁徙者。我们的日子里,没有夜晚,没有小小的星星,没有细细的虫声。只是晕眩之光接着眩晕之光。

我们把身体塞进拥挤的楼丛与拥挤的车流之间,把梦还放在故乡。

……

每个周末,我从合肥返回我的这个江边小镇后,常常在黄昏和家人来到江边,看船,看水,看乡野人家那种默片一样安静从容的生活。这时,我常常在心底问自己:我要的,到底是什么?

我日夜凿着自己,想要凿去对寻常烟火的享受,凿去固守乡土的安逸,我把自己捻成一根箭了,嗖的一声放出去。我带着火热的扩张生命版图的雄心,奔赴城市,奔赴远方,追逐理想。我追逐理想,又时时觉得自己为理想所伤。我每回小镇,像一条毛色里杂着污泥与血渍的狗,低头趴回自己的草窝里,慢慢舔舐伤口,不出一语。我以为,只要自己足够努力,就可以抵达我的站台。可是,慢慢发现,我多么天真。我天真得像一个笑话。

好在,还有苏轼。

还有这位与我隔着时空共饮一江水、共食一盘蒌蒿的苏轼。

我有苏轼，就像中了河豚之毒的人，有了蒌蒿的搭救。搭救是老戏曲里常设的桥段，可是因了这一段，苦情戏才有了抑后的悠扬，泪水才变成欢畅。这世上，有一物伤一物，也有一物救一物。蒌蒿就是来搭救那些因为追求美味而受伤的肠胃和脏腑的。苏轼的"蒌蒿满地芦芽短，正是河豚欲上时"这两句，也在循循教我：当失意之时，当沉沦下游之时，你一定还要保持着认真做美食的节操。

——
是的，一想到苏轼，我就惭愧了。
我问自己：你的才华有苏轼那么大吗？
我没有。
你的人生，有苏轼那么颠簸吗？
还不到。
然后我就仿佛听见苏轼的讥笑：那你还委屈什么呢？
是的，我还不够格去委屈。
虽然，我曾花费一两年的时间，倾尽心力去做一件事，可是终因外力而不得结果。虽然，我一路泥泞一肩风霜地赶路，想要抵达我风烟中长久遥望的站台，可是临到跟前，才惊觉站台早已被人捷足先登。而我，傻傻被挤在清冷的人群之外。

但是，我也不够格去委屈，去抱怨。

也许他们用尽心机抄近道，是因为更需要理想来照耀。他们没有苏轼。而我不一样，我和苏轼，隔着时空，面对一桌蒌蒿和河豚，会意一笑。

前几日，一位昔年的学长加我微信，和我聊起他辗转的经历。他和我一样，都是二十世纪九十年代的师范生，只是，他毕业后未再教书，为理想上下求索。他感慨地说："人生有太多阴错阳差，不知道是思维太靠前还是跟不上时代节拍。当时想学医，父亲去世，家里穷得一无所有，直到教书了，还不死心，参加高考又担心交不起学费。某日碰到一位接兵干部，说可以到部队考军校，于是千里万里耗了三年，才考了军校。本来可以上军医大，可是部队统一填志愿时未征求意见，统一填了指挥院校，这下又不好意思走回头路，只好随遇而安了。毕业后分到部队，干的是带兵打仗的事。好在自己不管做什么，尽管不情愿，但还认真，不能误人子弟，不能尸位素餐。好在岁月是最好的老师，教会了自己认识一切，遗憾即圆满啊！"

遗憾即圆满！我心上一振。

……

不论是苏轼曾经的黄州，还是途经的江阴，还是我的故乡，多的是寻常的竹木桃花，寻常的乡野人家。

在春天，江水荡漾，长风和畅，我总会去江边采摘野菜。自采自下厨，炒一盘蒌蒿，咕嘟咕嘟煮一钵野生鱼汤……仿佛看见苏轼兄长一般坐在桌子对面，看我热气腾腾地吃饭。想到暖老温贫，想到低低地安顿好肉身也是一种慈悲，便觉得眼泪就要下来。

竹子，桃花……蒌蒿，芦芽……我在江边，看野景。

（三）河豚欲上的喜气

《惠崇春江晚景》（其一），中年之后再读，真是感慨良多，为其中的"向上"之气。

从前只以为它是题画诗，是美食诗，现在，暗自认定那是一首关乎生命、自然升迁起落的哲理诗。

少年时，难免喜欢前两句，因为那是一幅色彩明丽的图画，竹子的青翠，桃花的艳红，江水的蓝，鸭子的赭黑……春之繁华生动，首先在其色。

可是，如今，我被后两句里那种蓬蓬弥漫的"向上"之气给感动了。是的，这首诗，在我看来，是描绘和礼赞生命在漫长沉潜之后迎来"向上"的一程。

"正是河豚欲上时"，再读这一句时，我常想，可否把这一句里的"上"换了？如果仅仅是表达河豚作为时令的食物，或者表达河豚从大海洄游到江河产卵，正是河豚将捕时，正是河豚洄游时，意思都还能到吧？可是，还是觉得这"上"实在是好，实在是无词可替。因为这"上"里透着活力，透着期待，透着跃跃欲试的欢喜，还透着一股即将出场时的沉着自信、勇毅前往的志气。

河豚是洄游性鱼类，每年春季，它从深冷的大海出发，一路沿江而上，去寻找适宜的水域产卵，来繁衍生命。江水滔滔东流，小小的鱼类，它要用自己单薄的身体克服江水巨大的阻力，才能不至于随波逐流，才能逆流而上，抵达它的目的地。

向上的旅程，从来都是艰险的，是辛苦的。

可是，生之意义，似乎就在于这"向上"之中。

在水里的河豚艰难上行的同时，几尺之遥的江边沼泽和沙滩上，蒌蒿和芦芽，也从地底探出青嫩多汁的身子，它们也在向上生长。它们会长高，长壮，极尽所有的力气，来完成一棵植物所能抵达的最大高度。在植物的世界里，它们是纤弱的，连灌木都算不上，它们只是有着宿根的多年生草本植物。它们在秋冬凋零，生的一口气全沉潜在泥土里。它们匍匐在泥土深处，熬过深冬，等冰雪消融，等风日和暖，然后启程，向上，向着天空，枝叶相扶地去攀登。

苏轼写此诗时，也正是北上的途中。从黄州出发，沿江而下，到江阴，然后应该是沿着京杭大运河，北上到京城开封。这是一段地理上的向上的水路换陆路，更是他仕途上的一段谪后升迁之途。昔日被贬黄州，在冷寂水边，身份低微，从元丰三年到元丰八年，一待便是五年。五年，黄州的东坡上，那庄稼都收过好几茬了吧。

那段流落于黄州的五年，恰似一尾鱼沉潜于幽暗水底，恰似蒌蒿和芦苇落了翠叶，朽了茎秆，埋在土里。

万物，原是这样的有潜有升、有朽有生。

生命的本质，原来是这样的一场两极之间的往返：在起和落之间，在上和下之间，来回折转。

河豚逆江而上，完成了一年的使命，然后便是顺流而下，回到低处的大海。当秋风肃杀、大雪垂降之时，茂密的蒌蒿和亭亭的芦苇，便开启了生命向下的旅程，叶子回到根边，茎秆摧折，慢慢和腐叶一起化为泥土。一棵多年生的草本植物，地面之上的部分，矮了，没有了，一切回到零，回到起点，回到沉默不语。

和那些幸运的人相比，苏轼便是蒌蒿、芦苇这样的多年生草本，他要在他的生命里，把"上—下—上—下"这样的节奏不断地演绎。演绎得频繁了，那"上"的喜悦，便是来也来得朦胧徘徊，来也来得滋味万千。这喜是中年人的喜，总是有些沉甸甸，姿态低低的。不似李白。李白，是做了一辈子的少年。李白谪后被皇帝一纸诏书召回京都，他可以意气飞扬地写"千里江陵一日还"，写"轻舟已过万重山"。李白的喜，像三峡的水，实在是清澈透底。

少年，我们真的比不起。苏轼也比不起。少年没看见过荒芜。

——

万物上下往返，我也在其中。

既如此，人生中最好的阶段，便是芦芽已出而尚短之时，便是江流宛转河豚欲上之时。新一轮的节奏里，向上的气象已出，而最危险的时候还未到。同样，当巨大的幽暗和沉寂像风雪一样压过大地，我知道，这向下的旅程，我也要有耐心，一截一截，笔直地走下去。走下去了，便又赚得一季。

我实在喜欢"正是河豚欲上时"里那遥遥传来的喜气。

山河遥远

从前看画，喜欢看花鸟画，爱在仕女图前驻足流连，对山水长卷兴趣倒不浓。

人到中年，不知几时起，竟喜欢起山水画来。当密密匝匝的生活琐屑层层淹没头顶，再去看那宣纸上连绵高峻的远山，那大片留白虚写出来的江河，以及隐隐的林木和墨点似的小舟，便觉得那是一个中年人梦里想要抵达的辽阔远方，人生至此删繁就简，只留一颗素心与山河相望不厌。

也许，我对山水画的喜爱，本就是一种潜伏在内心多年的幽情，只待中年的风霜覆肩，就会在困顿与迷茫中，忽然发现，萧瑟处，原来有一片远视角下的高山白水，在向我频频招手。那是等在灵魂幕后的家园，它等我，等我相认。像幼时在放学路上，看见广阔田野尽头，有一缕袅袅招手的炊烟，等我。

就这样，像惦记故园一般，在心底惦记起一片遥远的山河了。背着布包、拎着午餐赶着早班地铁去上班的匆忙中，却在心底装着一片旧时月色笼罩下的山川丘壑。身体跟着现代化的交通工具前行，一颗心却频频潜逃出城，向着莽莽苍苍的大野大河——生命，需要这疏疏远意，来涤荡一下这中年岁月里的潦草慌乱和尘烟拥挤。

记得少年时，曾到一同学家玩，她父亲爱画画，她家的堂屋上方，挂着一大幅山水，是她父亲画的。画里，山峰高耸，云海翻涌，苍松挺立，一轮红日遥遥从东方升起，世界宏大庄严，如天地之初。我和同学在画下的桌子边玩着游戏，大门敞开，天微寒，门外行人寥寥，我们像两个不解世事的童子。"松下问童子，言师采药去。只在此山中，云深不知处。"我被这画中盛大的山水气息笼罩，觉得我和同学也到了一个遥远的地方。我们在画里，在画中的山脚下，不知时光悄然流逝，不知人间有病愁离老。

同学父亲那时正值中年，他画山水时，那笔墨之下的遥远山河大约也是他心底渴盼的另一个广阔世界，他在那个世界里，可以做一只脱笼之鹄，在长风里展开轻盈的羽翼。他如此刻的我一样，把对远方、对清旷的人生格局的想象，寄托在那些墨色山河的画里。

就这样，画画的人，观画的人，在山水画面前，暗自规划勾勒自己的理想生活。

人到中年后，再读古诗词，喜好和心境常常异于少年时。读晚唐诗人杜牧的《山行》，从前似乎是跟着热闹跑，喜欢众人都称赞的那句"霜叶红于二月花"。如今心意早变，我不管霜叶红或不红，我已无意于结果，我只爱在"远上寒山石径斜，白云生处有人家"上玩味，因为这句子里有放眼远望的翘首姿态，有目光迢迢不停留的无穷远方。因了这份遥远的意思，连苍石生寒、白云缥缈我都愿意一并收下了。

暑夏，在家里教四五岁的小侄女读孟浩然的《宿建德江》，读到"野旷天低树，江清月近人"，一时神往不已，感怀不已。旷野无边，远天比树更低，而月色沉落江水，它如此之近，伸手可掬。在这样清寂的月夜，人虽为客子，却能暂离世俗烟火，与天地山河如此近距离地相望相拥。时间在这里，清澈如江水；而人心呢，也一定澄澈如月色。

我羡慕杜牧和孟浩然，彼时彼地，他们与山河贴近。哪怕这贴近里有清愁，有冷落。

我想要到那一片广袤无垠又空旷无人的山河里去，将泥沙覆盖、风尘满面的自己清洗过滤，滤一滤，我就轻了。我想要将自己在俗世里摸爬滚打战战兢兢皱缩一团的心一层层剥开，摊平，沿着山川绵延铺开……我想要活得辽阔一点，遥远一点。

慢慢就懂得了美术馆里那些站在山水长卷面前沉默不语的人，慢慢就喜欢跟着他们站在画前，独自感动不言。以目为笔，以墨为脚，我们跟着画者，慢慢走成了山水画里的旅者，我们像是拥有了片刻的远方生活。

第一次欣赏黄公望的《九峰雪霁图》，我被一种圣洁、光明又雄伟、静穆的山河气象给惊到不敢轻语。那是一个怎样的山河天地啊！它美得有一种宗教气息，它美得时间似乎静止。它仿佛就是整个宇宙，巍然的，空旷的，深邃的，无边无际的，既明亮又清冷的。它又仿佛是白莲花盛开在瑶池，一座雪峰，是一枝白莲，既接收着光，又生发着光。只是，光是低温的。这个圣洁无染的世界，并不热烈，这里人鸟俱绝，连神仙也隐匿。

九峰雪霁，这真是一个遥远的世界了。

在中年的逼仄光阴里，读这些有着远意的诗词，赏这些山色微冷的水墨画卷，就觉得我一桌一椅的小天地，也暗暗接上了那苍茫空阔的远方山河了。